KB023926

바람이 분다

바람이 분다

호리 다쓰오 지음 ㅣ 남혜림 옮김

더클래식

차례

바람이 분다, 살아야겠다.

서곡

그 여름의 날들, 끝없이 펼쳐진 너른 억새밭 어딘가에 서서 네가 그림에 열중하고 있노라면 나는 늘 그 옆에 드리운 한 그루 자작나무 그늘에 몸을 누이곤 했다. 그리고 저녁이 되어 네가 그림 그리던 손을 멈추고 곁으로 다가오면, 우리는 그로부터 한참 동안 서로의 어깨에 손을 얹고 아득히 저편에서 테두리만 자줏빛으로 물든 채 뭉게뭉게 피어오르고 있는 소나기구름에 덮인 지평선 쪽을 바라보곤 했다. 조금씩 저물어 가는 저 지평선에서 거꾸로 무언가 태어나고 있기라도 한 것처럼…….

그러던 어느 날 오후(가을이 다 되어 갈 무렵이었다.), 우리는 네가 그리다가 만 그림을 이젤에 걸어 둔 채 자작나무 그늘에 드러누워 열매

7

를 베어 물고 있었다. 모래와도 같은 구름이 하늘을 스르르 훑으며 지나가고 있었다. 불현듯 어디선가 바람이 일기 시작했다. 머리 위에서는 나뭇잎 사이로 슬쩍슬쩍 보이는 쪽빛 하늘이 커졌다가 작아지기를 거듭했다. 이와 거의 동시에 수풀 속에서 무언가가 쿵 하고 쓰러지는 소리가 들렸다. 방치해 두었던 그림이 이젤과 함께 쓰러지는 소리 같았다. 얼른 일어나려는 너를, 나는 지금 이 순간 그 어떤 것도 잃어버리지 않겠노라 다짐이라도 하듯 억지로 내 곁에 붙잡아 두었다. 너는 그런 나를 그대로 내버려 두었다.

바람이 분다, 살아야겠다.

나는 불현듯 튀어나온 이 시구를 내게 기대어 있는 네게 손을 얹으며 속으로 몇 번이고 되뇌고 있었다. 이윽고 너는 나를 뿌리치고 일어나더니 그림이 있는 쪽으로 갔다. 캔버스는 아직 덜 말라 있던 탓에 그새 온통 풀잎을 뒤집어쓰고 있었다. 캔버스를 다시 이젤에 걸고 팔레트나이프로 풀잎을 힘겹게 떼어 내며 말했다.

"휴, 이러고 있는 걸 행여나 아버지가 보신다면……."

너는 나를 돌아보며 알 듯 모를 듯한 미소를 지어 보였다.

"이제 2, 3일 후면 아버지가 오세요."

어느 날 아침, 정처 없이 함께 숲속을 거닐고 있는데 네가 갑자기 꺼낸 말이었다. 나는 어딘가 불만스러운 얼굴로 잠자코 있었다. 그러자 너는 그런 나를 바라보며 살짝 쉰 듯한 목소리로 다시 말을 이어 갔다.

"그럼 이런 산책도 더는 할 수 없겠죠."

"무슨 산책이든 하려고 하면 하는 거지."

불만이 채 가시지 않았던 나는, 내게 쏟아지는 적이 염려스러운 듯한 너의 시선을 느끼면서도, 그보다는 머리 위에 드리워진 나뭇가지의 알 수 없는 술렁거림에 더 정신을 빼앗긴 듯 바라보고 있었다.

"아버지는 나를 놓아주려 하지 않으실 거예요."

비로소 나의 애타는 눈빛이 너를 향했다.

"그래서, 이제 이것으로 우리도 안녕이라는 거야?

"달리 방도가 없는걸요."

이렇게 말하는 너는 숫제 체념이라도 한 듯 나를 보며 애써 미소 지으려 했다. 아아, 그때 너의 그 낯빛이며 그 입술 빛이며 어찌나 창백하던지!

'어쩌다 이렇게까지 변한 것일까. 그토록 내게 전부를 맡길 것처럼 보였는데……'

나는 생각의 갈피를 잡지 못한 채, 나무들이 여기저기 밑동을 드러내기 시작한 좁다란 산길에 너를 앞세우고 힘겹게 발걸음을 떼었다. 울창하게 우거진 나무 사이를 흐르는 공기가 서늘했다. 군데군데 작은 계곡이 얽혀 있었다. 문득 이런 생각이 뇌리를 스쳤다. 너는 올여름 우연히 만난 나에게 이토록 순종적이었듯이, 아니 그보다 훨씬 더, 너의 아버님, 그리고 또한 그러한 아버님까지도 포함해 너의 전부를 끊임없이 지배하고 있는 것에 순순히 몸을 내맡기고 있는 것은 아닌지…….

'세쓰코! 네가 정녕 그렇다면, 나는 네가 더욱더 좋아지겠지. 좀 더 먹고살 기반이 잡히거든 기필코 아버님께 따님을 주십사 찾아뵐 테니 그때까지만 아버님 밑에서 지금 그대로 있어 주렴…….'

나는 속으로 혼잣말을 되뇌며, 마치 너의 동의를 구하기라도 하듯 순간 너의 손을 잡았고 너는 그 손을 뿌리치지 않았다. 우리는 그렇게 손을 잡고 계곡 앞에 가만히 멈춰 섰다. 무수히 얽힌 키 작은 관목 가지들 사이를 간신히 빠져나온 햇살이, 우리 발치까지 파고든 작은 계곡 저 깊은 바닥에 나 있는 양치류 위까지 점점이 떨어졌다. 햇살이 그렇게 나뭇잎 사이사이를 비켜 가며 거기까지 닿는 사이, 거의 존재조차 희미해진 실바람에 하늘하늘 흔들리고 있는 모습을 어딘가 서글픈 마음으로 바라보고 있었다.

그 뒤로 2, 3일이 지난 어느 날 저녁, 나는 식당에서 너와 너를 데리러 오신 아버님이 함께 식사하는 장면을 목격했다. 너는 불편한 듯 나를 등지고 있었다. 거의 무의식적이었던 너의 이런 자세와 동작은 필경 아버님과 함께 있기에 나오는 것이었다. 나는 네가 마치 생면부지의 여자처럼 느껴졌다.

"여기서 설령 너의 이름을 불러 보았자⋯⋯."

나는 혼잣말로 중얼거렸다.

"너는 아무렇지도 않은 얼굴로 이쪽으론 눈길도 주지 않겠지. 마치 내가 부른 사람이 자기가 아닌 것처럼⋯⋯."

그날 밤 나는 홀로 터덜터덜 산책을 다녀오고서도 한동안 인적 없는 호텔 정원을 거닐었다. 산나리꽃 향이 감돌고 있었다. 나는 창가에서 새어 나오는 두어 줄기 빛을 멍하니 바라보았다. 잠시 후 안개가 끼기 시작한 모양이었다. 이를 피하기라도 하듯 창가의 불빛은 하나둘 꺼져 갔다. 그렇게 호텔 안이 짙은 어둠에 휩싸이나 싶더니 가볍게 삐걱거리는 소리가 나며 창문 하나가 천천히 열리기 시작했다. 그리고 장밋빛 잠옷 같은 것을 걸친 한 젊은 처녀가 창가에 가만가만 몸을 기대었다. 그녀는 바로 너였다.

너와 아버님이 그곳을 떠나고 나서 매일 내 가슴을 저미게 하던 그 슬픔과도 비슷한 행복했던 분위기를, 나는 지금도 또렷이 기억해 낼 수 있다.

나는 온종일 호텔 방에 갇혀 지냈다. 그리고 너로 인해 한동안 뒤돌아보지 않았던 내 일에 매달리기 시작했다. 스스로 생각해도 이상하리만치 조용히 일에 몰두할 수 있었다. 그사이 세상은 계절의 옷을 갈

아입기 시작했다. 이윽고 내게도 호텔을 떠날 날이 다가왔고, 출발하기 전날 나는 모처럼의 바깥 산책을 나섰다.

가을을 맞이한 숲의 모습은 알아볼 수 없을 정도로 어지럽게 바뀌어 있었다. 우수수 잎을 떨군 나무들 사이로 인적이 끊긴 별장의 테라스가 성큼 가까이 보였다. 균류의 축축한 냄새가 낙엽 냄새와 뒤섞여 있었다. 생각지도 못했던 이런 계절의 변화가, 너와 헤어진 뒤 나도 모르는 사이 이토록 흘러 버린 시간이라는 깃이, 내게는 이상하게 느껴졌다. 마음속 어딘가에 너와의 헤어짐은 단지 일시적인 것에 불과하다는 확신 따위 때문인지, 이런 시간의 흐름까지도 내게는 지금까지와는 전혀 다른 의미를 갖게 된 것인지. 나는 잠시 후 분명히 깨닫게 될 이러한 것들을 이때 이미 어렴풋이 느끼고 있었다.

그러고 나서 십여 분 뒤, 숲이 하나 끝나더니 갑자기 시야가 넓어졌다. 멀리 지평선까지도 바라다 보이는 끝없이 펼쳐진 억새밭이 나타났다. 나는 그 속으로 걸음을 내딛고 있었다. 그리고 바로 옆, 벌써 잎을 노랗게 물들이기 시작한 한 그루의 자작나무 그늘에 몸을 누였다. 그 여름의 날들, 그림 그리는 너의 모습을 바라보면서 늘 내가 지금처럼 누워 있던 그곳이었다. 그때는 거의 항상 소나기구름에 가려 보이지 않던 지평선 언저리였다. 하지만 지금은 이름 모를 먼 산맥과 일렁이는 억새의 새하얀 이삭 끝이 뚜렷이 구분되어 그 윤곽을 하나하나 선명하게 드러내고 있었다.

나는 저 멀리 산맥의 모습까지 송두리째 각인시킬 기세로 눈을 부릅뜨고 바라보았다. 그사이 내 의식 속에는 이제껏 내 안에 숨어 있던, 자연이 나를 위해 정해 둔 것을 이제야 비로소 발견했다는 확신이 점차 또렷이 아로새겨지기 시작했다.

봄

3월이 되었다. 어느 날 오후, 여느 때와 마찬가지로 산책 나온 길에 들른 것처럼 세쓰코의 집을 찾았다. 현관을 들어가자마자 나오는 정원수들 사이에서 세쓰코의 아버지는 인부들이 쓸 법한 커다란 밀짚모자를 쓰고, 한 손에는 가위를 쥔 채 나무를 손질하고 계셨다. 그 모습을 본 나는 어린아이마냥 나뭇가지 사이를 헤치며 가까이 다가가 두어 마디 인사말을 나눈 후, 그 자리에 서서 세쓰코 아버지의 나무 손질하는 모습을 신기한 듯 바라보았다. 그렇게 나무 사이에 완전히 둘러 싸여 있는데, 여기저기 잔가지 위에 희끄무레한 것들이 빛나고 있었다. 모두 꽃봉오리 같았다…….

"그 녀석도 요즘은 많이 건강해진 것 같은데 말이지."

아버님은 갑자기 이쪽을 향해 고개를 들어 올리시더니, 그 무렵 막 나의 약혼녀가 된 세쓰코에 관해 이야기하기 시작했다.

"조금만 더 날이 풀리면 어디 조용한 곳으로 요양이나 보낼까 하는데, 자네 생각은 어떤가?"

"그것도 괜찮겠지요……."

나는 우물거리며 좀 전부터 눈앞에 어른거리는 꽃봉오리 하나에 신경을 쓰는 척했다. 이런 나는 아무래도 상관없다는 듯 아버님은, "어디 좋은 데 없나 하고 우리도 알아보고는 있네만." 하며 말씀을 이어 가셨다.

"세쓰코 말로는 F 요양원이 어떻겠냐고 하는데, 자네가 거기 원장님을 좀 안다면서?"

"예."

나는 다소 건성으로 대답하며 아까 보았던 하얀 봉오리를 비로소 찾아 이쪽으로 잡아당겼다.

"그런데 그런 곳에 저 녀석이 혼자 있을 수 있을지……."

"다들 혼자서 가는걸요."

"그래도 저 녀석은 좀 힘들겠지?"

아버님은 어딘가 난처한 표정이었다. 하지만 나를 향한 눈길을 거둔 채 눈앞에 있는 나뭇가지를 갑자기 가위질하기 시작했다. 그 모습을 보고 있던 나는 더 이상 견디지 못하고, 아버님이 내 입에서 나오기만을 기다리고 있는 그 말을 마침내 꺼냈다.

"여차하면 제가 함께 가겠습니다. 이제 막 시작한 일도 그때쯤이면 정리가 될 것 같으니까요……."

나는 이렇게 말하며 겨우 붙잡은 꽃봉오리 달린 나뭇가지에서 다시 살짝 손을 놓았다. 그때 아버님의 얼굴이 갑자기 밝아지는 것이 보였다.

"그렇게 해 준다면야 더 바랄 게 무에 있겠나. 그저 자네에게 미안할 따름이지……."

"아닙니다. 오히려 그런 산속에 있는 편이 일이 더 잘될지도 모르지요……."

그렇게 우리는 그 요양원이 있는 산골 마을에 대해 이야기를 나누다가, 어느샌가 아버님이 손질 중인 정원수로 화제를 옮겼다. 우리가 서로에게 느끼고 있는 일종의 동정과도 같은 감정 때문일까, 그런 뜬금없는 대화까지 활기차게 느껴졌다.

"세쓰코는 일어나 있나요?"

한참 후 문득 생각나 여쭤 보았다.

"글쎄, 깨어 있겠지……. 한번 가 보게. 나는 신경 쓰지 말고. 거기서 저쪽으로……."

아버님은 가위를 든 손으로 뜰 입구의 나무 문을 가리켰다. 정원수 사이를 빠져나온 나는 담쟁이덩굴에 뒤덮여 여닫기가 쉽지 않은 나무

문을 억지로 밀어 정원에서 바로 병실로 향했다. 요전까지 아틀리에 였지만 지금은 별채처럼 쓰이는 병실이었다.

세쓰코는 내가 온 것을 벌써부터 알고 있었던 모양이었다. 하지만 정원 쪽에서 그렇게 들어오리라고는 미처 생각하지 못했는지 잠옷 위에 가벼운 밝은색 옷을 걸친 채 소파에 누워 가느다란 리본이 달린 처음 보는 여성용 모자를 가지고 장난을 치고 있었다.

쌍여닫이문 사이로 보이는 그녀의 모습을 지켜보며 다가가는 사이, 그녀도 이쪽을 눈치챈 모양이었다. 그녀가 무의식적으로 일어나려는 듯 몸을 움직였다. 하지만 머지않아 그대로 옆으로 몸을 눕히더니 내 쪽에서 시선을 거두지 않은 채 살짝 멋쩍은 듯 미소 지으며 나를 바라보았다.

"일어나 있었어?"

문가에서 신발을 벗어 던지며 내가 말을 꺼냈다.

"잠깐 일어나 봤는데 금세 피곤해지네요."

그렇게 말하며 그녀는 한눈에도 지쳐 보이는, 힘이라고는 없는 손으로 그저 만지작거리며 갖고 놀던 모자를 바로 옆의 경대 위로 툭 던져 버렸다. 하지만 모자는 거기까지 가지 못하고 바닥으로 떨어지고 말았다. 나는 모자가 떨어진 바닥 쪽으로 다가가 얼굴이 그녀의 발치에 닿을락 말락 할 정도로 몸을 엎드려 모자를 주워 올렸다. 그러고는 아까 그녀가 하던 것처럼 모자를 가지고 장난치기 시작했다.

그리고 물었다.

"이런 걸 다 꺼내서 뭘 하고 있었던 거야?"

"언제 쓸 수 있게 될지도 모르는데 아버지도 참, 어제 사 오셨지 뭐예요……. 우리 아버지 이상하죠?"

"이걸 아버님께서 고르신 거야? 정말 좋은 아버님이네……. 어디 한번 써 봐."라며 내가 장난치듯 그녀의 머리에 반쯤 모자를 씌우려 하자, "싫어요, 이러는 거……." 하며 귀찮은 듯 피하려 몸을 반쯤 일으켜 세웠다. 그리고 변명하듯 희미한 미소를 지으며, 문득 생각났는지, 부쩍 야윈 손으로 살짝 형클어진 머리를 가다듬기 시작했다. 특별히 주위를 의식하지 않은 상태에서 나오는, 젊은 여성 특유의 이런 자연스러운 손놀림이 마치 나를 애무라도 하는 양, 숨 막힐 듯 육감적인 매력이 느껴졌다. 그리고 그 매력은 무심코 거기서 눈을 떼지 않고는 견딜 수 없을 정도였다…….

잠시 후 계속 손으로 장난치고 있던 그녀의 모자를 옆에 있는 경대에 가만히 올려놓은 나는 무언가 불현듯 떠오른 것처럼 입을 굳게 다물었다. 여전히 그녀에게서 눈을 돌린 채였다.

"화났어?"

그녀가 순간 이쪽을 올려다보며 걱정스러운 눈빛으로 물었다.

"그런 거 아니야."

나는 그제야 비로소 그녀를 바라보며, 아까 하던 이야기를 이어서

18

하는 것도 아니면서 불쑥 이렇게 말했다.

"아까 아버님께서 말씀하시던데, 세쓰코 정말 요양원 들어갈 생각인 거야?"

"네, 이러고 있다고 언제 좋아진다는 보장도 없는걸요. 빨리 좋아지기만 한다면야 어디든 갔을 거예요. 다만⋯⋯."

"왜 그래? 무슨 얘기가 하고 싶었던 거야?"

"아무것도 아니에요."

"아무 말이든 상관없으니 해 봐⋯⋯. 계속 말을 안 하네. 그럼 내가 할까? 세쓰코, 내가 함께 가길 바라는 거지?"

"그런 거 아니에요."

그녀는 황급히 내 말을 가로막으려 했다.

하지만 나는 아랑곳하지 않고, 처음과는 달리 진지하면서도 불안한 어조로 말을 이어갔다.

"⋯⋯아니, 오지 말라고 해도 같이 갈 거야. 그런데 말이야, 이런 생각을 잠깐 한 적이 있어. 그게 좀 신경 쓰일 뿐⋯⋯. 나는 이렇게 너와 함께하기 전부터 어딘가 쓸쓸한 산속에서 세쓰코처럼 사랑스러운 아가씨와 단둘이 살면 좋겠다고 생각한 적이 있거든. 한참 전에 한 번쯤 얘기한 적 있지? 그 왜 산속 오두막 얘기 말이야. 그런 산속에서 우리가 살 수 있을까 하면서. 그때 세쓰코가 해맑게 웃었잖아? ⋯⋯사실은 말이야, 이번에 세쓰코가 요양원에 들어가겠다는 것도, 그런 것들이 모르는 사이에 조금씩 네 마음을 움직여서 그렇게 된 게 아닐까 하는 생각이 드는 거야……. 아닌가?"

그녀는 애써 웃어 보이며 잠자코 내 말을 듣고 있더니, "그런 것 이젠 기억도 안 나요." 하고 말을 잘랐다.

그리고 오히려 위로하는 듯한 눈초리로 나를 찬찬히 바라보며 이렇게 말했다.

"당신은 가끔 엉뚱한 생각을 한다니까요……."

그로부터 몇 분 후, 우리는 마치 아무 일도 없었다는 얼굴로 쌍여닫이문 너머 푸른 잔디 위로 아지랑이 같은 것들이 피어오르는 모습을 신기한 듯 바라보고 있었다.

***

4월에 접어들면서 세쓰코의 병세가 조금씩 회복기에 들어선 듯했다. 속도는 더뎠지만, 그러면 그럴수록 회복까지의 지루한 한 걸음 한 걸음은 오히려 어떤 확실성으로 다가왔다. 우리는 부푼 기대감에 젖어 있었다.

그러던 어느 날 오후, 세쓰코를 찾아갔을 때 마침 아버님은 출타 중이셨고, 세쓰코는 홀로 병실에 있었다. 그날은 컨디션도 꽤 좋았는지 거의 언제나 입고 있던 잠옷을 벗고 웬일로 푸른색 블라우스 차림이었다. 그런 세쓰코의 모습을 보고 있자니 꼭 정원을 구경시켜 주고 싶었다. 바람이 조금 불기는 했지만 그마저도 기분 좋을 정도로 부드러웠다. 세쓰코는 살짝 자신 없는 웃음을 보였지만 결국 나의 제의를 따르기로 했다. 그리고 내 어깨에 손을 얹은 채 쌍여닫이문을 열고 어딘가 불안해 보이는 발걸음을 조심조심 잔디 위로 옮기기 시작했다.

우리는 울타리를 따라 초목이 우거져 있는 곳으로 향했다. 갖가지 외래종이 섞여 뭐가 뭔지 알아볼 수 없을 정도로 어지럽게 뒤얽힌 초목들 사이사이로 하얗고 노란, 혹은 옅은 보라색의 작은 꽃봉오리들이 금방이라도 꽃망울을 터트릴 듯 맺혀 있었다. 나는 그중 한 그루의 나무 앞에 서서, 작년 가을이었던가, 세쓰코가 가르쳐 준 꽃 이름을 문득 떠올리며, "이게 라일락이었지?" 하고 그녀를 돌아다보며 반쯤 물어보듯 말했다. 그러자 세쓰코는 내 어깨에 손을 얹은 채로, "그게 어쩌면 라일락이 아닐지도 몰라요." 하고 살짝 미안한 얼굴로 대답하는 것이었다.

"흠…… 그럼 지금까지 거짓말을 했다는 거군?"

"거짓말 같은 건 하지 않지만, 누가 주면서 그렇게 가르쳐 줬거든요. ……하지만 별로 좋아하는 꽃은 아니에요."

"뭐야, 꽃이 필 때가 다 돼서야 실토하다니! 그럼 어차피 저것도……."

내가 그 옆의 수풀을 손가락으로 가리키며, "저건 이름이 뭐라고 했더라?" 하고 묻자, 그녀는, "골담초?" 하고 말을 받았다.

이번에는 그쪽으로 자리를 옮겨 보았다.

"이번에는 진짜 골담초가 맞아요. 봐요, 노란 것하고 하얀 것, 꽃봉오리가 두 종류 있죠? 이 하얀 꽃봉오리는 흔히 볼 수 있는 게 아니래요……. 아버지의 자랑거리죠."

이렇게 별 내용도 없는 이야기를 주거니 받거니 하는 동안에도 세쓰코는 내 어깨에서 손을 떼지 않았다. 피곤해서라기보다는 어딘가에 마음을 빼앗긴 듯한 모습으로 내게 줄곧 기대어 있었다. 그렇게 한동안 우리는 아무 말이 없었다. 그래야만 이 꽃향기 피어나려 하는 우리의 삶이 잠시나마 그 자리에 머물 수 있다는 듯이. 이따금 울타리 저편에서 부드러운 바람이 마치 억눌려 있던 호흡이 터져 나오듯 불어와 우리 앞의 수풀을 스치며 그 잎을 살랑거리게 하고는 거기에 그녀와 나만을 오롯이 남겨 둔 채 지나가곤 했다.

돌연 그녀가 내 어깨에 얹고 있던 자신의 손 안에 얼굴을 묻었다. 그녀의 심장이 여느 때보다 빠르게 뛰고 있었다.

"피곤해?" 하고 부드럽게 묻자 그녀는 "아니요."라며 가느다란 목소리로 대답했다.

하지만 나는 가만가만 어깨에 실려 오는 그녀의 무게를 느낄 수 있었다.

"내가 이렇게 몸이 약해서 당신에게 왠지 미안해요……."

그녀는 이렇게 속삭였지만 그것은 들었다기보다는 들은 것 같은 느낌이 드는, 그런 속삭임이었다.

　'그렇게 몸이 약하기 때문에 내가 너를 더욱더 사랑스럽게 여긴다는 걸 어찌해서 모르는지…….'

　나는 답답한 마음을 속으로 토로하며 겉으로는 짐짓 아무것도 듣지 못한 양 미동도 없이 가만히 있었다. 그녀는 갑자기 내게서 얼굴을 돌리듯 고개를 들더니 조금씩 내 어깨에서 손을 떼며, "내가 어쩌다 이렇게 마음이 약해진 걸까요? 얼마 전까지만 해도 상태가 아무리 안 좋아도 아무렇지 않았는데……." 하고 아주 작은 목소리로 혼잣말처럼 중얼거렸다. 침묵이 그 중얼거림에 조심스러운 여운을 더했다. 이내 그녀는 별안간 고개를 들어 나를 응시하는가 싶더니 다시금 수그리며 조금 들뜬 듯한 중간 높이의 목소리로 말했다.

　"나, 왠지 갑자기 살고 싶어졌어요……."

　그리고 들릴락 말락 한 작은 소리로 이렇게 덧붙이는 것이었다.

　"당신으로 인해서……."

*　*　*

　그것은, 벌써 2년 전, 그러니까 우리가 처음 만났던 여름 어느 날 내가 무심코 내뱉은 그때부터 무의식적으로 즐겨 읊어 대곤 했던,

바람이 분다, 살아야겠다.

이 시구가 그동안 줄곧 잊혀 있다가 어느 순간 갑자기 우리에게 되살아났을 정도로, 이른바 삶을 앞서간, 삶 그 자체보다 더욱 생생하고, 가슴 시릴 정도로 즐거운 날들이었다.

우리는 그달 말에 야쓰가타케(八ヶ岳) 산기슭에 자리 잡은 요양원에 가기 위한 채비를 했다. 나는 조금 알고 지내던 그 요양원 원장님이 이따금씩 상경한다는 이야기를 듣고 요양원으로 가기 전, 한번 기회를 보아 세쓰코의 병세를 진단받아 보기로 했다.

그러던 어느 날 겨우 교외에 있는 세쓰코의 집까지 원장님을 모신 뒤 첫 진단을 받을 수 있었다.

"뭐 그리 대단할 것 없을 겁니다. 한 2, 3년 산속에서 좀 참고 지내다 보면."

이 말만을 남기고 부랴부랴 자리를 뜨려 하는 원장님을 나는 역까지 바래다 드렸다. 나라도 병의 상태를 좀 더 정확히 듣고 싶었기 때문이었다.

"그런데 이런 얘기는 환자에게는 하지 말아 주게나. 부친께는 조만간 내가 말씀드릴 테니."

원장님은 이렇게 말문을 열더니 다소 골치 아픈 표정으로 세쓰코의 병세에 대해 상당히 자세하게 설명해 주었다. 그리고 그 설명을 잠자코 듣고 있는 나에게도 안됐다는 듯 이렇게 말하는 것이었다.

"자네도 낯빛이 그게 뭔가. 이참에 자네 몸 상태도 한번 봐 둘걸 그 랬구먼."

역에서 돌아와 다시 병실로 가 보니 아버님은 그대로 누워 있는 세쓰코 곁을 지키며 요양원으로 떠날 날짜를 함께 상의하고 계셨다. 나도 침울한 표정을 지우지 못한 채 대화에 끼어들었다.

"그런데……"

잠시 후 아버님은 볼일이라도 생각난 듯 자리를 뜨며, "이제 이 정도까지 호전됐으니 여름 동안만이라도 다녀오면 더 좋지 않겠나." 하고 도무지 진심으로는 들리지 않는 말을 남긴 채 병실을 나섰다.

단둘이 남게 된 우리는 누가 먼저랄 것도 없이 입을 닫아 버렸다. 봄날의 저녁노을이 지고 있었다. 나는 아까부터 느껴지던 두통이 점점 심해지는 것을 알았지만, 그녀가 눈치채지 못하도록 자리에서 일어나 유리문 쪽으로 다가가서는 한쪽 문을 반쯤 열고 몸을 기댔다. 그리고 한동안 내 자신이 무슨 생각을 하고 있는지도 모를 정도로 멍한 상태로, "향이 참 좋네. 무슨 꽃이려나……" 하며 희미하게 서린 안개 저편의 초목 근처를 허허로운 시선으로 바라보았다.

"뭐하고 있어요?"

등 뒤에서 세쓰코의 조금 쉰 목소리가 들렸다. 그 목소리는 일종의 마비된 것 같은 상태의 나를 깨어나게 했다. 나는 그녀에게서 등을 돌린 채 마치 무언가 다른 일을 생각하고 있기라도 한 것처럼, "세쓰코에 관한 일이나 요양원에 대해서, 그리고 그곳에서의 생활에 대해서 생각하고 있지……." 하며 어색하게 더듬거렸다.

그런데 그렇게 말하다 보니 마치 정말로 방금 전까지 그런 생각을 했던 것만 같은 착각이 들었다. 그래, 그러고 나서는 아마 이런 생각을 했던 것 같았다.

'그곳에 가면 정말 여러 가지 일이 일어나겠지. ……하지만 인생이란 네가 늘 그래 왔듯 모든 것을 그저 다 내맡겨 버리면 돼. ……그러다 보면 미처 바라지도 못했던 것들까지 우리에게 주어질지도 모르잖아…….'

속으로 이런 생각까지 하면서, 그러한 자신을 전혀 깨닫지 못한 채 나는 오히려 아무 의미도 없어 보이는 사소한 이미지들에 완전히 사로잡혀 있었다.

뜰에는 아직 희미한 빛이 남아 있었지만, 정신을 차려 보니 방 안은 온통 어스름하였다.

"불 켤까?"

얼른 정신을 가다듬으며 내가 말했다.

그리고 "아직은 켜지 말아 줘요……." 하고 대답하는 그녀의 목소리는 전보다도 더 쉬어 있었다.

우리는 한동안 아무 말도 하지 않았다.

"나, 숨 쉬기가 조금 힘들어요. 풀 냄새가 너무 강해서……."

"그럼 이쪽도 닫아 둘게."

나는 슬픔에 잠겨 간신히 대답하며 문고리를 잡아당기려 했다.

"당신……"

그녀의 목소리는 이제 거의 중성적으로 들렸다.

"방금 울었죠?"

나는 당치도 않다는 듯 그녀를 휙 돌아보며 말했다.

"울기는 무슨…… 날 봐."

세쓰코는 침대 위에서 내 쪽으로 고개도 돌리려 하지 않았다. 어두컴컴한 방 안이라 정확히 무엇인지는 몰라도, 그녀는 무언가를 물끄러미 응시하고 있는 것 같았다. 하지만 조심스럽게 따라간 그녀의 시선 끝에는 그저 하늘만이 있었다.

"다 알아요, 나도……. 아까 원장 선생님이 무슨 말씀을 하셨는지……."

나는 무슨 말이든 하고 싶었지만 그 어떤 말도 나오지 않았다. 그리고 그저 소리 나지 않게 가만히 문을 닫으며 다시금 저녁노을이 지고 있는 창밖 풍경에 빠져들기 시작했다.

잠시 후 등 뒤에서 깊은 한숨 같은 것이 들려왔다.

"미안해요."

그녀의 목소리였다. 그 목소리는 아직 가늘게 떨고 있었지만 조금 전보다는 훨씬 차분해져 있었다.

"이런 것 신경 쓰지 말고…… 우리, 앞으로 정말 살 수 있는 데까지 살아 봐요……."

뒤돌아보니 그녀는 손끝으로 눈시울을 가린 채 움직임이 없었다.

**

4월 하순의 어느 조금 흐린 날 아침이었다. 우리는 정류장까지 배웅 나오신 아버님 앞에서 마치 어디론가 밀월여행이라도 떠나는 사람들마냥 자못 즐거운 척까지 해 가며 산골 마을행 기차의 이등실에 몸을 실었다. 열차는 조금씩 승강장을 빠져나가기 시작했다. 애써 아무렇지 않은 듯 담담하게, 다만 훌쩍 나이 든 모습으로 구부정하게 서 계시던 세쓰코의 아버님만을 홀로 남겨 둔 채.

열차가 역에서 완전히 멀어지자 우리는 창을 닫았다. 그리고 갑자기 밀려오는 허전함을 느끼며 이등실 한편 빈자리에 자리를 잡았다. 그렇게 해서 서로의 마음을 어루만지기라도 하려는 듯 무릎과 무릎을 바싹 마주했다.

바람이 분다

　우리가 탄 기차는 산을 타고 올라 깊은 계곡을 따라 달리다가 갑자기 탁 트인 포도밭 지대를 한참 가로지르고 나서야 비로소 산악 지대로 끝없이 이어지는 집요한 등반을 시작했다. 그 무렵, 하늘이 한층 낮게 깔리는가 싶더니 그때까지 그저 하늘을 가득 메우고 있던 먹장구름들이 어느샌가 뿔뿔이 흩어지며 우리 머리 바로 위까지 내려앉을 기세였다. 공기도 싸늘함이 감돌았다. 윗도리 깃을 세운 나는 거의 파묻힐 듯 숄을 두른 채 눈을 감고 있는 세쓰코의 지쳐 보인다기보다는 다소 흥분에 찬 얼굴을, 불안한 눈빛으로 지켜보고 있었다. 그녀는 이따금 멍한 눈으로 나를 바라보았다. 처음에 우리는 눈이 마주칠 때마다 미소를 지어 보였지만, 나중에는 그저 불안한 눈빛으로 서로를 마주 본 뒤 얼른 눈을 피할 뿐이었다. 그리고 그녀는 다시 눈을 감았다.

"좀 쌀쌀해졌네. 눈이라도 내리려나."

"이런 4월에도 눈이 내려요?"

"응, 이 지역은 안 내린다고도 장담 못 하지."

아직 오후 3시밖에 안 됐는데 한결 어둑해진 창밖으로 시선을 돌렸다. 무수히 줄지어 서 있는 잎을 떨군 낙엽송 무리 사이사이에서 군데군데 새까만 전나무가 보였다. 벌써 야쓰가타케 기슭을 지나고 있었던 것이다. 하지만 막상 눈앞에 펼쳐져야 할 산은 그림자도 보이지 않았다.

기차는 정말이지 산골 마을에나 어울릴 만한 헛간이나 다를 바 없는 간이역에 정차했다. 역에는 고원(高原) 요양원 마크가 찍힌 웃옷을 입은 심부름꾼 한 명이 우리를 마중 나와 있었다.

나는 세쓰코를 팔로 부축하며 역 앞에 세워 둔 작고 낡은 자동차까지 데리고 갔다. 그녀가 팔에 안긴 채 조금 휘청거렸지만 나는 짐짓 모르는 체했다.

"피곤하지?"

"그렇지도 않아요."

우리와 함께 열차에서 내린 그 고을 토박이로 보이는 몇몇 사람이 그런 그녀와 나를 두고 무어라 귓속말을 하는 모양이었다. 하지만 우리가 차에 오르는 사이 그들은 어느샌가 누가 누군지 알아볼 수 없게 마을 사람들 속에 섞이어 흩어져 갔다.

우리가 탄 차가 초라한 오두막들이 줄지어 서 있는 마을을 빠져나온 후, 마을이 보이지 않는 야쓰가타케 등성이까지 그대로 끝없이 펼쳐져 있을 것만 같은 울퉁불퉁한 비탈길이 시작되었다. 그 비탈길에 접어드는가 싶더니, 뒤쪽으로 잡목림을 등진 채 여러 개의 날개벽이 둘러쳐진 커다란 붉은 지붕 건물이 맞은편에 보이기 시작했다.

"저기군."

기울어진 차체를 몸으로 느끼며 내가 중얼거렸다.

세쓰코는 고개를 살짝 들어 어딘가 걱정스러운 눈빛으로 건물을 멍하니 바라볼 뿐이었다.

우리에게는 요양원 가장 안쪽, 뒤편이 바로 잡목림으로 이어져 있는 병동 2층의 1호실이 배정되었다. 간단한 진찰이 끝나자 세쓰코에게 즉시 침대에 누워 있으라는 지시가 떨어졌다. 리놀륨 장판이 깔린 병실에 있는 것이라고는 온통 새하얗게 칠해진 침대와 탁자, 의자, 그리고 그 밖에는 방금 전 심부름꾼이 옮겨다 준 트렁크 몇 개가 전부였다. 단둘이 남게 되자 나는 간병인용으로 마련되어 있는 비좁은 옆방에는 들어가려고도 하지 않은 채, 휑뎅그렁한 느낌마저 드는 병실 안을 둘러보았다가 연신 창가로 가서 하늘을 올려다보았다가 하며 한동안 부산을 떨었다. 바람이 시커먼 구름을 힘겹게 밀어내고 있었다. 그리고 이따금씩 뒤편의 잡목림에서 날카로운 소리가 들려오곤 했다. 나는 얇은 옷차림으로 한번 발코니에 나가 보았다. 발코니는 칸막이 따위 없이 저편 병실까지 죽 이어져 있었다. 아무도 발코니에 나와 있는 사람이 없어 마음대로 걸어 다니며 한 칸 한 칸 병실을 엿보니, 네 번째 병실의 반쯤 열린 창틈으로 환자 한 명이 혼자 누워 있는 모습이 보여 황급히 발길을 돌렸다.

비로소 램프에 불이 들어왔다. 간호사가 가져다준 저녁 식사를 사이에 놓고 그녀와 내가 마주 앉았다. 처음으로 단둘이서 함께하는 것치고는 조금 쓸쓸한 식사 시간이었다. 밥을 먹고 있는데, 바깥은 이미 칠흑 같은 어둠 속이라 눈치채지 못하고 있다가, 어쩐지 그냥 주위가 갑자기 고요해진 느낌이 들어 살펴보니 어느 틈엔가 눈이 내리기 시작한 모양이었다.

나는 자리에서 일어나 반쯤 열려 있던 창을 조금 더 닫고는 유리창에 얼굴을 바싹 댄 채 내 입김으로 뿌연 김이 서릴 때까지 눈 내리는 풍경을 바라보고 있었다. 잠시 후 창가를 뒤로 하고 세쓰코를 돌아다보며 내가 말했다.

"세쓰코, 네가 어쩌다가 이런……."

그녀는 침대에 누운 채 무언가 호소하는 얼굴로 나를 올려다보며 내가 말을 하지 못하게 하려는 듯 자신의 입술 위로 손가락을 가져다 대었다.

***

    요양원은 야쓰가타케의 적갈색 산기슭 비탈길이 겨우 완만해지기 시작한 곳에 날개벽이 몇 개 나란히 늘어선 가운데 남향으로 서 있었다. 비탈길은 거기서도 멈추지 않고 두세 군데 작은 산골 마을을 비스듬히 위에 태운 채 이어지다가, 저 멀리 무수한 검은 소나무들 사이로 휘감기며 보이지 않는 계곡 속으로 빨려 들어가고 있었다.

    요양원의 남쪽으로 나 있는 발코니에서는 이 비스듬한 마을들과 적갈색 경작지 일대가 한눈에 훤히 내려다보였다. 이 모든 풍경을 감싸 안으며 끝없이 늘어서 있는 솔숲 위에는 남알프스와 그 지맥(支脈)이 남쪽에서 서쪽으로 흐르고 있었는데, 맑게 갠 날에는 산속에서 피어오르는 구름 사이사이로 산줄기의 모습이 언뜻언뜻 보이곤 했다.

    요양원에 도착한 이튿날, 간병인 방에서 자다가 눈을 뜨니 작은 창틀 속으로 맑게 갠 쪽빛 하늘과 새하얀 눈을 닭 벼슬처럼 머리에 얹은 봉우리들이 마치 대기 중에 불쑥 솟아난 것처럼 눈앞에 펼쳐졌다. 누운 상태로는 볼 수 없는 발코니나 지붕 위에 쌓인 눈에서는 성큼 봄의 느낌을 머금은 햇살을 받으며 연신 수증기가 올라오고 있는 모양이었다.

    조금 늦잠을 잔 것 같아 서둘러 일어나 세쓰코가 있는 옆방에 들어가 보았다. 그녀는 벌써 잠에서 깨어 있었다. 담요를 둘둘 만 그녀의 얼굴이 상기되어 있었다.

"안녕."

나도 그녀처럼 얼굴이 붉어지는 것을 느끼며 가벼운 인사를 건넸다.

"잘 잤어?"

"네."

그녀가 고개를 끄덕여 보였다.

"어젯밤에 수면제를 먹었어요. 야 때문에 그런지 머리가 조금 아프네요."

나는 그런 것 따위 신경도 쓰이지 않는다는 듯이 힘차게 창문을 열고, 발코니로 통하는 유리문도 모두 열어젖혔다. 눈이 부셔 잠시 아무것도 보이지 않을 정도였지만, 점차 익숙해지자 눈 덮인 발코니에서, 지붕에서, 들판에서, 나무에서까지 가벼운 수증기가 피어오르는 장면이 보이기 시작했다.

"게다가 정말 희한한 꿈을 다 꿨지 뭐예요, 있잖아요……."

그녀가 등 뒤에서 무언가 이야기를 꺼냈다.

나는 순간적으로 그녀가 밝히기 힘든 무언가를 억지로 말하려고 한다는 것을 깨달았다. 그때마다 늘 그러했듯이 이번에도 그녀의 목소리는 조금 쉬어 있었다.

이번에는 내가 그 말을 하지 못하게 하기 위해 그녀를 뒤돌아보며 입술 위에 손가락을 가져다 댈 차례였다.

잠시 후 친절해 보이는 수간호사가 바지런한 걸음걸이로 병실에 들어왔다. 수간호사는 아침마다 이 병실 저 병실을 돌며 환자들을 한 명 한 명 살피고 있었다.

"밤새 푹 주무셨나요?"

수간호사가 쾌활한 목소리로 물었다.

세쓰코는 말없이 고분고분 고개를 끄덕였다.

***

이런 산골 요양원에서의 생활은 평범한 사람들이 삶의 막다른 골목에 다다랐다고 느낄 때 비로소 느낄 법한 어떤 특수한 인간성을 불러 일으키는 법이다. 내가 내 안에 깃들어 있던 그러한 낯선 인간성을 어슴푸레하게나마 의식하기 시작한 것은, 입원 후 얼마 지나지 않아 원장실로 불려 가서 세쓰코의 엑스레이 사진을 보게 되었을 때부터였다.

원장님은 창가 쪽으로 나를 데려가더니 사진 원판이 잘 보이도록 햇빛 가까이에서 보여 주며 환부에 대해 하나하나 설명하기 시작했다. 오른쪽 가슴에는 하얀 갈비뼈 여러 개가 확연히 보였지만, 왼쪽 가슴에는 그런 것이 거의 보이지 않을 정도로 커다란, 마치 정체를 알 수 없는 어둠의 꽃과도 같은 병소(病巢)가 똬리를 틀고 있었다.

"생각했던 것보다 병소가 커져 있네. ……이렇게 심각한 상태일 줄

이야. ……이대로라면 지금 우리 병원에서 두 번째로 위중한 상태인지도 모르겠군."

원장님의 이런 말들이 귓속에서 웅웅거리는 가운데 나는 어딘가 생각하는 능력을 잃어버린 사람마냥, 방금 전에 보았던 그 정체를 알 수 없는 검은 꽃과도 같은 영상을, 마치 원장님의 설명과는 전혀 관계없는 것처럼 오로지 그 영상만을 의식의 문턱 위에 또렷이 올려놓은 채 진찰실을 나와 병실로 향했다. 그사이 스쳐 간 하얀 옷을 입은 간호사도, 발코니 여기저기에서 벌거벗은 채 일광욕을 하고 있던 환자들도, 병동의 왁자지껄함도, 작은 새의 지저귐조차, 그런 내 앞을 아무런 상관도 없이 지나쳐 갔다. 그렇게 제일 외진 곳에 자리 잡은 병동에 겨우 다다랐다. 그리고 그녀의 병실이 있는 2층을 향해 기계적으로 계단에 발을 디디려던 찰나, 계단 바로 앞에 있는 병실에서 어딘가 평상시와 다른, 아니, 여태껏 들어본 적도 없는 불길한 마른기침 소리가 새어 나왔다. 나는 '아니, 이런 데에도 환자가 있었나?' 하며 문에 적혀 있는 NO.17이라는 숫자를 그저 초점 없이 바라보았다.

***

이렇게 우리의 조금은 기묘한 사랑의 나날들이 시작되었다.

세쓰코는 입원과 동시에 안정을 취하라는 지시를 받은 탓에 늘 누워서 지냈다. 때문에 컨디션이 좋은 날에는 억지로라도 일어나 있으려 했던 입원 전의 그녀와 비교해 보면 훨씬 더 환자처럼 보이기는 했지만, 딱히 병 자체가 악화된 것처럼 보이지는 않았다. 의사들도 그녀를 언제든 금세 쾌유할 환자로 대하는 것 같았다. 원장님도, "이렇게 해서 병이란 놈을 생포하는 거죠."라며 농담조로 말하곤 했다.

그사이 계절은 그때까지 조금 더디게 흐르던 것을 만회하기라도 하듯 빠르게 바뀌어 가기 시작했다. 봄과 여름이 거의 동시에 들이닥친 느낌이었다. 매일 아침 휘파람새와 뻐꾸기 울음소리가 우리를 깨워 주었다. 주변 숲이 발산하던 싱그러운 푸름은 요양원을 거의 온종일 사방에서 에워싸며 병실 안까지 시원한 푸른색으로 물들여 놓곤 했다. 그 무렵에는 아침에 산속에서 피어올라 어딘가로 향하던 하얀 구름들조차 저녁이 되면 원래의 산으로 돌아오는 것처럼 보였다.

나는 우리가 함께한 처음 며칠 동안, 내가 세쓰코의 머리맡에서 거의 대부분의 시간을 떨어지지 않고 보냈던 그 무렵의 일들을 떠올리려 하면, 그날이 그날 같아서인지, 단순함이 가진 어떤 매력 때문인지, 어떤 것이 먼저고 어떤 것이 나중이었는지를 구분하기 힘들어 질 때가 있다.

아니, 그런 엇비슷한 일상을 반복하는 동안 우리가 시간이라는 것에서조차 완전히 벗어나 있었던 것은 아닐까 하는 생각마저 든다. 그리고 그렇게 시간에서 벗어나 있던 날들의 일상생활은 그 어떤 사소한 부분조차 그전과는 전혀 다른 매력을 뽐내기 시작했다. 내 곁에서 희미한 온기를 지닌 채 그윽한 향을 풍기는 존재, 조금 빠른 그 호흡, 내 손을 잡고 있는 그 보드라운 손, 그 미소, 그리고 또 이따금씩 나누는 평범한 대화, 만약 이러한 것들을 지워 버린다면 아무것도 남지 않을 것만 같은 단순한 날들이었지만, 우리의 삶이란 것이 본디 그 요소라고 해 봤자 사실 이 정도밖에 없는 것이다.

그리고 그런 사소한 것만으로도 우리가 이도록 만족할 수 있는 것은 오로지 내가 그러한 것들을 이 여인과 함께 나누고 있기 때문이라는 점을, 나는 굳게 믿고 있었다.

그 당시 일어난 유일한 사건이라고 한다면 그녀에게서 가끔 열이 나는 정도였다. 그것은 그녀의 몸을 서서히, 그러나 분명히 좀먹고 있는 것이 분명했다. 하지만 우리는 그런 날에는 여느 때와 조금도 다를 바 없는 일상의 매력을, 더욱 세심하게, 더욱 천천히, 마치 몰래 훔친 금단의 과일이라도 되는 양 조심스럽게 맛보려 했다. 그렇기 때문에 우리는 어딘가 죽음의 맛이 나는 삶의 행복을 이때 오히려 한층 더 온전히 지켜 낼 수 있었다.

그러던 어느 날 저녁이었다. 나는 발코니에서, 세쓰코는 침대 위에서, 그 일대 산과 언덕과 솔숲과 산비탈의 논밭이 이제 막 산등성이 뒤편으로 넘어간 저녁 햇살을 받아 반쯤은 진한 자줏빛으로, 또 나머지 반쯤은 아직은 선명하지 않은 쥐색에 물들어 가는 장면을 함께 넋을 놓고 바라보고 있었다. 이따금씩 작은 새들이 마치 무언가가 생각난 듯 숲 위로 포물선을 그리며 날아올랐다. 나는 초여름의 노을이 순간적으로 그리는 이 일대의 이러한 풍경이, 언제나 보아 오던 익숙한 모습이면서도 아마 지금이 아니면 이토록 행복한 기분에 젖어 바라볼 수는 없을 것이라는 생각을 하고 있었다. 그리고 오랜 시간이 흘러 이 아름다운 저녁노을이 언젠가 내 마음속에 되살아나는 날이 온다면 나는 거기에서 우리가 느낀 행복 그 자체의 완전한 그림을 발견해 낼 것이라 꿈꾸고 있었다.

"무슨 생각을 그렇게 해요?"

등 뒤에서 세쓰코가 결국 입을 열었다.

"아주 먼 훗날 우리가 지금의 삶을 떠올릴 날이 왔을 때, 그게 얼마나 아름다울까 하고 생각하고 있었지."

"정말 그럴지도 모르겠네요."

그녀는 사뭇 즐거운 표정으로 내 말에 동의했다.

그리고 우리는 다시 아무 말도 하지 않은 채 한동안 같은 풍경을 하염없이 바라보았다. 그런데 그로부터 얼마 후, 문득 이렇게 황홀하게 풍경을 바라보고 있는 것이 나 자신인지 아닌지, 묘하게 아득하고 종잡을 수 없는 기분, 또 알 수 없는 괴로움 같은 것이 밀려오기 시작했다. 이때 등 뒤에서 깊은 숨소리 같은 것이 들려오는 것 같았다. 그런가 하면 또 그 숨소리는 내 것처럼 느껴지기도 했다. 나는 확인하려는 듯 그녀를 돌아보았다.

그리고 그녀는 이런 나를 물끄러미 바라보며, "그렇게 지금의……." 하고 무언가를 말하려 했다.

그런데 말을 꺼내자마자 조금 망설이는 모습이었다.

그러더니 방금 전까지와는 사뭇 다른 말투로, "그렇게 언제까지나 살 수 있으면 좋겠네요."라며 대충 말을 끝맺는 것이었다.

"또, 그런 얘길!"

나는 속상한 마음에 살짝 목소리를 높였다.

"미안해요."

그녀는 한마디 말을 남기고 내게서 고개를 돌렸다.

방금 전까지 나를 잠식하던 나 자신도 알 수 없던 기분이 조금씩 일종의 초조함으로 변하고 있음을 느꼈다. 이후 다시 한 번 산을 향해 바라보았지만 찰나적으로 나타났던 신비로운 아름다움은 이미 그 모습을 감추고 없었다.

그날 밤, 간병인 방으로 자러 가려는데 그녀가 나를 불러 세웠다.

"아까는 미안했어요."

"이제 괜찮아."

"있잖아요. 나 원래 하려던 얘기는 그런 게 아닌데…… 그만 그런 말을 해 버렸지 뭐예요."

"그럼 아까 무슨 얘기를 하려 했는데?"

"……당신이 언젠가, 자연이 정말 아름다워 보이는 건 이제 곧 죽을 사람의 눈에만 그렇게 보이는 거라고 말했죠. ……나, 아까 그 말을 떠올렸어요. 왠지 아까 본 아름다움이 그렇게 느껴졌거든요."

이렇게 말하며 나를 바라보는 그녀의 표정은 마치 무언가를 호소하는 듯했다.

이 말에 가슴이 쿵 하고 내려앉으며 내 시선은 바닥을 향했다. 그때 갑자기 어떤 생각 하나가 뇌리를 스쳤다. 그리고 아까부터 나를 초조하게 하던 무언가 종잡을 수 없는 기분이 그제야 비로소 내 안에서 또렷하게 그 모습을 드러내기 시작했다.

'그래, 내가 왜 그 생각을 못 했지? 아까 아름다운 자연에 도취되어 있던 건 내가 아니야. 그건 우리였지. 그러니까 말하자면 세쓰코의 영혼이 내 눈을 통해서, 그리고 그저 내 방식대로 꿈을 꾼 것뿐이야. ……그런데도, 세쓰코가 환상 속에 자신의 마지막 순간을 바라보고 있다는 사실조차 모르고 나는 멋대로 우리가 오래오래 살면 어떨 것이라느니 하는 생각이나 하고 있었으니…….'

이런 생각에 사로잡혀 갈피를 못 잡고 있던 내가 겨우 눈을 뜰 때까지 그녀는 한결같이 나를 응시하고 있었다. 나는 그녀의 눈을 피하듯 몸을 굽혀 이마에 입맞춤했다. 진심으로 부끄러웠다.

***

어느덧 계절은 한여름이 되어 있었다. 산속의 한여름은 평지에서 느끼는 그것보다 훨씬 맹렬했다. 건물 뒤편 잡목림에서는 무언가가 타 들어가는 것처럼 매미가 종일토록 끊임없이 울어 댔다. 열어젖힌 창을 통해 나무기름 냄새까지 흘러 들어왔다. 저녁이 되면 실외에서 조금이라도 편하게 숨을 쉬기 위해 침상을 발코니까지 끌어내는 환자가 많았다. 그런 환자들을 보면서 비로소 우리는 그 무렵 요양원을 찾는 환자가 늘어났음을 깨달았다. 물론 그와는 상관없이 우리는 그 누구의 눈도 신경 쓰지 않고 둘만의 생활을 이어 가고 있었다.

이 무렵 세쓰코는 무더위에 완전히 식욕을 잃고 밤에도 쉽게 잠들지 못하는 날이 많았다. 나는 세쓰코의 낮잠에 방해가 되지 않도록 복도에서 나는 발자국 소리나 창문에서 날아드는 벌이나 등에 같은 벌레에도 전보다 더욱 신경을 썼다. 그리고 더위 탓에 나도 모르게 숨을 크게 쉬게 되는 것도 여간 신경 쓰이는 것이 아니었다.

그렇게 환자 옆에서 숨소리까지 죽여 가며 잠든 모습을 지켜보는 것은 그 자체가 내게 있어서도 일종의 수면에 가까운 행위였다. 나는 잠들어 있는 동안 빨라지거나 느려지는 그녀의 호흡 변화를 고통스러울 정도로 또렷이 느끼곤 했다. 그녀와 심장 고동까지 함께하고 있었던 것이다. 그녀는 가끔 가벼운 호흡곤란 상태에 빠지는 것 같았다. 그때마다 그녀는 파르르 떨리는 손을 목 언저리로 가지고 가서는 목을 감싸 쥐었다. 악몽에 시달리는 건가 싶어 깨워야 하는지 망설이고 있는 사이, 그런 고통이 지나가고 이완 상태가 찾아온다. 그러면 나도 모르게 안도의 한숨을 쉬면서 지금 그녀가 하고 있는 호흡에 덩달아 일종의 쾌감을 느낀다. 그렇게 그녀가 눈을 뜨면 나는 그녀의 머리칼에 살짝 입을 맞춘다. 그녀는 아직 나른한 눈으로 나를 바라보았다.

"여기 계속 있었던 거예요?"

"응, 나도 여기서 살짝 꾸벅꾸벅했나 봐."

그런 날들이면 밤에 덩달아 잠이 오지 않을 때마다 나는 마치 버릇이라도 된 양 무의식중에 손을 목 언저리로 가지고 가서는 목을 감싸 쥐는 흉내를 내곤 했다. 그리고 내가 그러고 있다는 사실을 깨닫고 나면 그때부터 비로소 진짜 호흡곤란이 느껴진다. 하지만 이것은 오히려 나에게 쾌감과도 같았다.

"요즘 왠지 안색이 안 좋아 보여요."

어느 날 그녀가 여느 때보다 나를 뚫어져라 쳐다보며 말했다.

"어디 안 좋은 거 아니에요?"

"아무렇지도 않아."

그녀가 그렇게 물어봐 주니 기분이 좋았다.

"내가 늘 이렇지 뭐."

"너무 환자 옆에만 있지 말고 가끔은 산책이라도 하지 그래요?"

"이 더위에 산책을 어찌하라고. 밤에는 또 밤이라 컴컴하지. 게다가 이래 보여도 매일 병원 안을 꽤 왔다 갔다 하고 있는걸."

이쯤에서 이런 대화를 멈추기 위해 나는 매일 복도에서 마주치는 다른 환자들의 이야기를 꺼냈다. 종종 발코니 한편에 무리지어 앉아 하늘을 경마장 삼아 흘러가는 구름을 모양별로 갖가지 동물에 비유하곤 하는 나이 어린 환자들에 대한 이야기나, 노상 간호사에게 부축 받으며 하염없이 복도를 왕복하는 기분 나쁠 정도로 키가 큰 중증 신경쇠약 환자에 관한 이야기 따위였다. 하지만 아직 한 번도 얼굴을 본 적은 없으나 언제나 내가 그 방 앞을 지나칠 때면 오싹할 정도로 불길한 기침을 뱉어 대곤 하는 예의 그 17호실 환자에 관해서만큼은 애써 입단속을 했다. 필시 그 사람이 이 요양원에서 가장 상태가 심각한 환자려니 하고 생각하면서 말이다.

8월도 하순에 접어들고 있었지만 여전히 잠 못 이루는 날들이 이어지고 있었다. 그러던 어느 날 밤, 그날도 역시 쉽게 잠이 들지 못하고 있는데(취침 시각인 밤 9시를 훌쩍 넘기고 있었다⋯⋯.), 저만치 아래 병동에서 소란스러운 소리가 들리기 시작했다. 이따금씩 종종걸음으로 복도를 지나가는 소리, 간호사들의 나지막한 비명, 기구들이 날카롭게 부딪히며 나는 소리가 한데 뒤섞여 있었다. 나는 불안한 마음으로 한동안 그 소리에 귀를 기울였다. 그렇게 소리가 겨우 잦아드는가 싶었다. 그런데 그와 꼭 닮은 침묵 속의 웅성거림이 거의 동시에 저쪽 병동에서도 이쪽 병동에서도 들려오기 시작했다. 그러더니 마침내 우리가 있는 곳 바로 아래에서도 소리가 들려오는 것이었다.

지금 우리 요양원을 한바탕 폭풍처럼 휩쓸고 지나가고 있는 것, 그 정체가 무엇인지 정도는 알고 있었다. 나는 그사이 연신 귀를 기울인 채, 아까부터 불은 꺼져 있지만 여태 나와 마찬가지로 잠 들지 못한 세쓰코의 기척을 살폈다. 그녀는 몸 한 번 뒤척이지 않고 가만히 있는 듯했다. 나 역시 숨이 막힐 정도로 꼼짝도 하지 않은 채 폭풍이 저절로 수그러들기만을 꼬박 기다리고 있었다.

한밤중이 되어서야 비로소 폭풍은 진정되는 것 같았다. 안도감에 잠시 선잠에 들었던 나는 그때까지 힘들게 억눌려 있다 갑자기 터져 나온 듯한 세쓰코의 발작적인 기침 소리에 문득 잠에서 깨고 말았다. 그러다 기침은 금세 잦아드는가 싶었지만, 도무지 신경이 쓰여 병실에 들어가 보지 않을 수 없었다. 칠흑 같은 어둠 속에서 홀로 두려움에 떨고 있었던 모양인지 크게 뜬 그녀의 눈이 내 쪽을 바라보았다. 나는 말없이 그녀에게 다가갔다.

"아직은 괜찮아요."

그녀는 억지로 미소 지어 보이며 들릴락 말락 한 작은 소리로 말했다. 나는 입을 다문 채 침대 옆 가장자리에 걸터앉았다.

"거기 있어 줘요."

평상시와 달리 심약한 소리였다. 우리는 그날, 뜬눈으로 그렇게 밤을 지샜다.

그런 일이 있고 2, 3일 후 여름의 기세가 갑자기 한풀 꺾이기 시작했다.

***

9월 초, 빗줄기가 변덕스레 오락가락하는가 싶더니 며칠 지나자 아예 그칠 줄 모르고 쏟아지기 시작했다. 단풍이 들기도 전에 나뭇잎부터 썩어 들어가는 게 아닌가 싶었다. 요양원의 병실조차 매일 창문을 꼭꼭 닫아 놓아 방 안은 늘 어두컴컴했다. 가끔씩 바람이 문을 때려 대는 소리가 요란했다. 건물 뒤편 잡목림은 단조롭고도 답답한 울음소리를 뱉어 댔다. 바람이 없는 날이면 우리는 종일토록 지붕을 따라 발코니에 떨어지는 빗소리를 듣고 있었다.

그렇게 내리던 비가 겨우 안개로 바뀌기 시작한 어느 날 새벽, 나는 창가에서 발코니 아래 길고 좁은 안뜰이 희미하게 밝아 오는 모습을 우두커니 내려다보고 있었다.

안개 같은 비가 내리는 가운데, 뜰 저쪽에서 간호사 한 명이 여기저기 흐드러지게 피어 있는 들국화와 코스모스를 한 아름 따서는 이쪽으로 오고 있는 것이 보였다. 보아하니 17호실 담당 간호사였다.

'저런, 매일 우울하게 기침만 해 대던 그 환자가 죽은 건가.'

문득 이런 생각을 하며, 빗속에서 아직 어떤 흥분이 가시지 않은 채 계속 꽃을 따고 있는 17호실 간호사의 모습을 바라보았다. 그런데 갑자기 심장이 타들어 가는 느낌이 들기 시작했다.

'역시 여기서 가장 상태가 안 좋은 환자는 그 사람이었던 건가? 그런데 결국 그가 죽었다면, 다음 차례는? ……아, 원장이 그런 말만 하지 않았어도 좋았을 것을…….'

나는 간호사가 커다란 꽃다발을 가슴에 안고 발코니 그림자 속으로 사라진 뒤에도 넋이 나간 사람마냥 유리창에서 얼굴을 떼지 못했다.

"뭘 그렇게 보고 있어요?"

침상에서 세쓰코가 물었다.

"이 빗속에 아까부터 간호사 한 명이 꽃을 따고 있어. 저게 누구지?"

혼잣말 같은 중얼거림을 남기며 나는 창가를 떠났다.

하지만 그날은 어쩐지 하루 종일 세쓰코의 얼굴을 제대로 바라볼 수가 없었다. 그녀가 모든 것을 꿰뚫어 보고 있으면서도 짐짓 아무것도 모르는 얼굴로 이따금씩 내 쪽을 보고 있는 것만 같았다. 그것이 나를 더욱 힘들게 했다. 이런 식으로 뒤엉킨 불안과 공포 속에 각자 다른 생각을 하는 것은 좋지 않은 것 같아 이런 일은 빨리 잊어버려야겠다고 애써 마음먹으면서도, 정신을 차려 보면 또 어느 틈엔가 그 일만을 생각하고 있었다.

그러고는 결국 우리가 이 요양원에 처음 도착한 눈 내리던 날 밤, 그녀가 꾸었다는 꿈, 처음에는 듣지 않으려 했지만 결국 그녀에게서 듣고야 말았던 그 불길한 꿈 이야기까지, 지금까지 죽 잊고 있었던 것들이 불쑥불쑥 떠오르기 시작했다. 그 불길한 꿈속에서, 그녀는 주검이 되어 관 속에 누워 있었다. 사람들은 관을 짊어진 채 어딘지 알 수 없는 들판을 가로지르기도 했고 숲속으로 들어가기도 했다. 그러나 이미 주검이 된 그녀는 관 속에서 쓸쓸한 겨울 들녘과 까만 전나무 따위를 생생하게 보기도 했고, 그 위를 쓸쓸히 불고 지나가는 바람 소리를 듣기도 했다. ……꿈에서 깬 뒤로도 그녀는 귀에서 느껴지는 차가운 감촉을, 그리고 그 안에서 아직도 생생하게 맴도는 전나무 숲의 술렁거림을 느끼고 있었다…….

안개비가 계속해서 내리던 그 며칠 사이, 계절은 이미 또 다른 옷을 갈아입고 있었다. 문득 깨닫고 보니 요양원의 그렇게 많던 환자도 하나둘 퇴원하면서 이제 다가올 겨울을 여기서 보내야 하는 중환자들만이 남겨져 있었다. 다시금 여름이 오기 전의 그 쓸쓸함으로 물드는 것 같았다. 17호실 환자의 죽음으로 이러한 분위기는 한결 두드러졌다.

9월 말의 어느 날 아침, 복도 북쪽 창가에서 별생각 없이 잡목림을 바라보고 있었다. 안개가 자욱한 숲속에서 어딘가 평상시와 다른 느낌으로 사람들이 들락거리고 있었다. 간호사들에게 물어보아도 아무것도 모르겠다는 반응이었다. 이후 나도 그 일을 잊어버렸지만, 이튿날도 새벽같이 두세 명의 인부가 언덕 가장자리 쪽에 있는 밤나무 같은 것을 벌목하는 장면을 안개 너머로 희미하게 목격할 수 있었다.

그날 나는 다른 환자들은 아직 아무도 모르는 것 같은 전날의 일에 대해 우연한 계기에 듣게 되었다. 예의 그 느낌이 좋지 않던 신경쇠약 환자가 숲속에서 목을 매어 죽었다는 것이다. 그리고 보니 어떤 날에는 지나가다 하루에 몇 번이나 보았던, 담당 간호사에게 부축을 받으며 복도를 왔다 갔다 하던 그 키다리 남자가 어제 이후로 갑자기 모습이 보이지 않고 있었다.

'그 남자 차례였던 건가……'

17호실 환자의 죽음 이후 무척 예민해져 있던 나는 그로부터 일주일도 채 지나지 않은 상태에서 일어난 이 뜻밖의 죽음 앞에서 나도 모르게 안도하고 있었다. 그리고 덕분에 나는 그런 끔찍한 죽음을 겪으면 당연히 느낄 수밖에 없는 불길함마저 거의 들지 않았을 정도였다.

'요전에 죽은 사람 다음으로 상태가 안 좋았다고는 해도 꼭 죽는다는 법은 없으니까.'

나는 다소 가벼워진 마음으로 이렇게 스스로를 타이르곤 했다.

밤나무를 두세 그루 베면서 숲속에는 갑자기 덩그러니 빈터가 생겨났다. 그리고 인부들은 이번에는 언덕의 가장자리를 허물어뜨리더니 거기서 약간 급경사로 이어져 내려오는 병동 북쪽의 자그마한 공터에 그 흙을 가져와 일대에 완만한 비탈을 조성하기 시작했다. 그곳을 꽃밭으로 만드는 중이었던 것이다.

***

"아버님께서 편지를 보내셨네."

어느 날 간호사가 가져다준 한 뭉치의 편지 다발 속에서 하나를 꺼내 세쓰코에게 건네주었다. 세쓰코는 침대 위에 누운 채 자신의 아버지가 보낸 편지를 받아들더니 갑자기 소녀처럼 초롱초롱한 눈으로 편지를 읽어 내려갔다.

"어머, 아버지가 오신대요."

세쓰코의 아버님은 여행 중이셨는데, 돌아오는 길에 조만간 요양원에 들르겠다는 내용의 편지였다.

10월의 맑게 갠, 다만 바람이 조금 부는 어느 날이었다. 그 무렵 누워서만 지내면서 식욕을 잃어 부쩍 야위어 있던 세쓰코는 이날부터 열심히 밥을 챙겨 먹더니 가끔 침대 위에 일어나 있거나 걸터앉아 있기까지 했다. 어떤 때에는 갑자기 무언가를 떠올렸는지 미소 같은 것을 지어 보이기도 했다. 아버지 앞에서 항상 보이던 소녀 같은 미소 짓기를 연습하고 있는 모양이었다. 나는 그런 그녀를 그대로 내버려 두었다.

그리고 며칠이 지난 어느 날 오후, 마침내 아버님이 찾아오셨다.

얼굴도 이전보다 다소 연세가 들어 보였지만, 그보다 더 눈에 띈 것은 아버님의 구부정한 등이었다. 그래서인지 아버님이 왠지 병원의 공기를 두려워하고 있는 것처럼 보였다. 병실에 들어서자마자 아버님은 늘 내가 앉곤 했던 침대 머리맡에 걸터앉으셨다. 요 며칠 조금 무리해서인지 전날 저녁부터 세쓰코에게는 미열이 났다. 그 바람에 그토록 손꼽아 기다리던 아버님이 오셨는데도 의사로부터 아침부터 계속 안정을 취하라는 지시를 받은 상태였다.

딸이 서의 나아졌을 것이라 믿고 있었는데, 여태 그렇게 누워만 있는 모습을 보니 불안한 모양이었다. 아버님은 그 원인을 알아보기라도 하려는 듯 병실 안을 꼼꼼하게 뜯어보기도 하고 간호사들의 동작을 하나하나 지켜보기도 하고 발코니에 나가보기도 하셨는데, 그런 것들은 모두 만족스러운 눈치였다. 그사이 세쓰코의 뺨이 장밋빛을 띄기 시작했는데, 흥분해서라기보다는 열 때문이었다. 그 모습을 보며 아버님은 "그래도 안색은 좋구나." 하며 마치 딸의 상태가 좋아지고 있다고 스스로를 위로하려는 듯 이 말씀만을 되풀이했다.

나는 잠시 후 둘이서만 있을 수 있도록 볼일을 핑계 삼아 병실을 나왔다. 그리고 나서 한참 후 병실에 돌아와 보니 세쓰코는 침대 위에 다시 일어나 앉아 있었다. 이불 위에는 아버님이 가져오신 과자 상자며

종이 꾸러미 같은 것들이 한가득 펼쳐져 있었다. 하나같이 소녀 시절의 그녀가 좋아했고 지금도 좋아하고 있다고 아버님이 믿는 듯한 것들이었다. 그녀는 나를 보더니 마치 장난을 치다가 들킨 소녀마냥 빨개진 얼굴로 그것들을 주섬주섬 치우고는 다시 자리에 누웠다.

다소 겸연쩍어진 나는 두 사람에게 얼마간 거리를 둔 채 창가 의자에 걸터앉았다. 두 사람은 나 때문에 중단된 이야기를 아까보다 작은 목소리로 이어 가기 시작했다. 듣자 하니 나는 모르지만 두 사람에게는 친숙한 어떤 인물들, 혹은 일들에 관한 이야기가 많았다. 그중 어떤 이야기에 그녀는 소소한 감동까지 받는 눈치였지만 나로서는 그것이 무엇인지 알 방도가 없었다.

두 사람이 퍽 즐겁게 나누고 있는 담소를 나는 마치 그러한 풍경이 그려진 한 폭의 그림이 눈앞에 있기라도 한 것처럼 견줘 가며 듣고 있었다. 그런 대화 사이사이 그녀가 아버님을 향해 내비치는 표정이나 억양을 보고 듣고 있노라니 마치 그녀에게 어린 소녀 특유의 생기가 활짝 되살아나는 것만 같았다. 그리고 그렇게 어린아이처럼 행복해하는 그녀의 모습이 나로 하여금 내가 모르는 그녀의 어린 시절을 상상하게 만들었다.

그녀와 내가 잠깐 둘만 남게 되었을 때, 나는 그녀에게 가까이 가 놀리듯 귓가에 속삭였다.

"세쓰코, 오늘은 꼭 내가 모르는 장밋빛 소녀 같네."

"몰라요."

그녀는 마치 소녀처럼 두 손으로 얼굴을 감싸며 말했다.

***

이틀간 요양원에서 머문 아버님이 떠나야 하는 날이었다.

출발하기 전, 아버님은 나를 안내인 삼아 요양원 주변을 거닐었다. 물론 둘만의 이야기를 하기 위해서였다. 하늘은 구름 한 점 없이 맑디맑았다. 적갈색의 맨몸을 여느 때보다도 선명히 드러낸 야쓰가타케 산 등성이를 내가 손가락으로 가리켰지만 아버님은 잠시 올려다보기만 하실 뿐, 이야기를 이어 가는 데 여념이 없었다.

"이곳이 저 아이에게 안 맞는 건 아닌가? 벌써 반년도 더 지났으니 조금 더 상태가 좋아졌을 법도 하네만……."

"글쎄요, 올여름은 어디나 날씨가 안 좋았던 것으로 알고 있습니다. 그리고 이런 산골 요양원은 겨울이 좋다고 들었습니다……."

"그거야 겨울까지 버텨 주면 좋을지 몰라도…… 하지만 저 아이는 겨울까지 못 견뎌……."

"하지만 세쓰코는 겨울에도 이곳에 있을 생각인 모양이던데요."

나는 산속의 이러한 고독이 우리를 얼마나 행복하게 하는지에 대해 어떻게 말해야 아버님이 이해할 수 있을까 답답했다. 그러면서도 한

편으로는 우리를 위해 아버님이 치르고 계신 희생을 생각하니 도저히 입이 떨어지지 않아 두서없는 대화를 이어 갈 뿐이었다.

"기왕 여기까지 온 것, 있을 수 있을 때까지 있도록 해 보는 게 어떨까요?"

"……하지만 자네도 겨울까지 함께 있어 줄 수 있겠나?"

"예, 물론 있고말고요."

"정말이지 자네에게는 미안하게 됐구먼. ……그런데 자네 지금 일은 하고 있는 겐가?"

"아니요……."

"자네도 아픈 사람 시중만 들 것이 아니라 조금씩 일도 시작해야 하지 않겠나."

"예, 이제부터 조금씩……."

나는 얼버무리듯 말했다.

'하긴 한동안 일을 나몰라라 하고 있었지. 어떻게든 더 늦기 전에 다시 시작하긴 해야 해…….'

이런 생각까지 하려니 머릿속이 가득해지는 느낌이었다. 그렇게 우리는 한동안 말없이 언덕 위에 서서, 어느 틈엔가 서쪽에서부터 하늘 꼭대기를 향해 유유히 퍼져 나가는 비늘 모양의 무수한 구름들을 올려다보고 있었다.

잠시 후 아버님과 나는 샛노랗게 물든 건물 뒤편 잡목림을 빠져나와 병원으로 돌아왔다. 그날도 인부 두세 명이 지난번의 그 언덕을 허물고 있었다. 그 근처를 지나며 나는, "아무래도 여기에 꽃밭을 만들 모양이더라구요." 하고 지나가듯 말하고 말았다.

저녁 무렵, 정류장까지 아버님을 배웅하고 돌아와 보니 세쓰코는 침대 위에 모로 누운 채 격렬한 기침에 괴로워하고 있었다. 여태 한 번도 본 적 없는 심한 기침이었다. 발작이 잠잠해질 때까지 기다리며, "어떻게 된 거야?" 하고 묻자 세쓰코는, "아무것도 아니에요. ……좀 있으면 멈출 거예요." 하고 간신히 대답할 뿐이었다.

"거기 물 좀 줄래요?"

나는 유리병의 물을 조금 따라 입에 컵을 대 주었다. 그 물을 한 모금 마시고 잠시 조용해지나 싶더니 얼마 지나지 않아 다시 아까보다도 심한 발작이 그녀를 덮쳤다. 나는 거의 침대 끄트머리에 매달리듯 누워 몸부림치는 그녀에게 무력하게 물어볼 뿐이었다.

"간호사 부를까?"

"……."

그녀는 발작이 수그러들고 나서도 한참을 고통스럽게 몸을 뒤튼 채 두 손으로 얼굴을 감싸 쥐고 그저 고개만 주억거렸다.

나는 간호사를 부르러 갔다. 곧이어 나를 내버려 둔 채 병실로 달려가는 간호사를 바싹 좇아 돌아와 보니 세쓰코는 간호사에게 양팔을 부축 받은 채 그나마 편안해 보이는 자세로 돌아와 있었다. 하지만 눈은 그저 초점 없이 허공을 바라보고 있을 뿐이었다. 발작적인 기침은 잠시 멈춘 모양이었다.

간호사는 세쓰코를 부축하던 손을 조금씩 떼어 내며, "이제 멈췄네요……. 잠깐만 이대로 가만히 계세요." 하고는 엉망이 된 담요를 정돈하기 시작했다.

"지금 바로 주사 놔 달라고 말하고 올게요."

병실을 나서던 간호사는 어찌할 줄 모르고 그저 우두커니 서 있는 나에게 살짝 귓속말했다.

"혈담(血痰) 좀 빼 주세요."

그제야 나는 세쓰코의 머리맡으로 다가갔다.

그녀는 멍하게나마 눈을 뜨고는 있었지만 아무리 보아도 잠들어 있는 것 같았다. 나는 그 창백한 이마 위에 작게 소용돌이치며 엉켜 있는 머리칼을 쓸어 올리며 축축하게 땀에 젖은 이마를 손으로 살짝 어루만져 주었다. 그러자 그녀는 비로소 나의 체온을 느꼈는지 수수께끼 같은 묘한 미소를 입가에 띄우는 것이었다.

***

절대 안정을 취하는 날들이 이어졌다.

창가에 드리워진 노란 차양 때문에 병실 안은 침침했다. 간호사들도 발뒤꿈치를 든 채 걸어 다녔다. 나는 거의 종일토록 머리맡에서 그녀를 간병했다. 밤에도 혼자서 시중을 들었다. 가끔 그녀는 내 쪽을 바라보며 무언가 말하고 싶은 듯한 표정을 지었다. 나는 그럴 때면 얼른 그녀의 입에 손가락을 갖다 대어 말을 하지 못하게 했다.

이 침묵은 우리를 각자의 생각에 침잠하게 만들었다. 그러면서도 우리는 상대방이 무슨 생각을 하고 있는지 가슴 아플 정도로 또렷이 느끼고 있었다. 그리고 나는 방금 전의 일이, 혹여나 나를 위한 세쓰코의 희생이 그저 그 모습만 가시화되어 드러난 것은 아닐까 하고 혼자 생각했다. 세쓰코는 나름대로 지금까지 둘이서 조심조심 가꾸어 온 무언가가 자신의 경솔함 때문에 와르르 무너지기라도 한 것은 아닌지 후회하는 듯했다.

그리고 그러한 자신의 희생을 희생이라고 생각하기는커녕 스스로의 경솔함만을 책망하고 있을 세쓰코의 마음 씀씀이가 사무치도록 사랑스러웠다. 그런 희생을 세쓰코가 응당 치러야 할 대가인 양 떠넘기면서, 언제 죽음의 잠자리가 될지 모르는 침대에서 이렇게 그녀와 함께 즐기듯 맛보고 있는 삶의 쾌락, 그야말로 우리를 더없이 행복하게 만들어 주는 것이라 우리가 믿고 있는 바로 그것, 그것은 과연 우리를 진정으로 행복하게 해 주는 것일까? 우리가 지금 행복이라고 생각하고 있는 것은, 어쩌면 우리가 믿고 있는 것보다 훨씬 찰나적인 것, 훨씬 변덕스러운 것은 아닐까?

밤샘 간호에 지친 나는 선잠에 든 세쓰코 옆에서 이런 두서없는 생각을 하며, 무언가가 우리의 행복을 앗아 갈 것만 같다는, 요즘 들어 걸핏하면 드는 생각에 불안해하고 있었다.

위기는 그러나 일주일 만에 물러갔다.

어느 날 아침, 간호사가 마침내 차양을 걷어 주더니 창문까지 일부 열어 놓고 나갔다. 열린 창으로 들어오는 가을 느낌 물씬 나는 눈부신 햇살을 바라보며 세쓰코는 "기분이 좋아요."하고 침대 위에서 기력을 되찾은 듯 말했다.

그녀의 머리맡에서 신문을 펼쳐 들고 있던 나는 인간의 마음을 크게 동요시키는 사건이란 것은 막상 그것이 지나가고 난 뒤에는 오히려 마치 남의 일처럼 보이는 법이군, 하는 생각을 하며 그런 그녀를 슬쩍 쳐다보고는 놀리듯 말했다.

"이제 아버님 오신다고 그렇게 흥분하면 안 돼."

그녀는 얼굴을 살짝 붉히며 이런 나의 놀림을 순순히 받아들였다.

"이번에는 아버지가 오셔도 모르는 척할 거예요."

"세쓰코가 그렇게 할 수만 있다면야……."

우리는 이렇게 농담을 주고받듯 서로의 마음을 어루만지며 어린아이처럼 모든 책임을 아버님께 뒤집어씌워 버렸다.

그렇게 우리는 너무나도 자연스럽게 요 일주일 사이의 일들을 마치 무슨 착각에 불과했던 것처럼 홀가분하게 느꼈고, 바로 조금 전까지 우리를 육체적으로뿐 아니라 정신적으로도 잠식하고 있던 위기를 툭툭 털고 일어나려 하고 있었다. 적어도 우리에게는 그렇게 보였다…….

어느 날 밤 그녀 곁에서 책을 읽고 있던 나는 돌연 책을 덮고 창가로 가 한동안 선 채로 생각에 잠겨 있었다. 그러고는 다시 그녀 곁으로 돌아와 책을 집어 들어 읽기 시작했다.

"무슨 일이에요?"

그녀가 고개를 들고 물었다.

"아무것도 아니야."

대충 대꾸한 뒤 몇 초간 책에 집중하는 척 했지만, 이내 다시 입을 열었다.

"여기 와서 너무 아무것도 안 하고 지내서, 이제는 일이라도 해 볼까 생각 중이었어."

"그럼요, 일을 해야죠. 아버지도 그걸 걱정하고 계셨어요."

그녀는 진지한 표정으로 답했다.

"나 같은 사람 신경만 쓸 게 아니라……."

"아니, 세쓰코에 대해서 더, 더 생각하고 싶어……."

나는 이때 순간적으로 머릿속에 떠오른 어떤 소설의 아이디어를 바로 좇기 시작하며 혼잣말처럼 계속 중얼거렸다.

"세쓰코에 관한 소설을 쓸까 해. 그 밖의 다른 일들은 지금의 나로서는 생각조차 할 수 없는 걸. 우리가 이렇게 서로 나누고 있는 행복, 남들이 모두 막다른 골목으로 여기던 곳에서 시작된 삶의 즐거움, 그런 아무도 모르는 우리만의 것을 내가 좀 더 확실한 것으로, 분명한 형태를 띤 것으로 바꾸어 보고 싶어. 무슨 말인지 알지?"

"알죠."

그녀는 내 생각을 마치 자기 자신의 생각인 양 따라가고 있었던 것처럼 내 말에 바로 반응했다. 하지만 잠시 후 입을 살짝 비죽이듯 웃더니, "나에 대해서라면 어떤 식으로든 마음 가는 대로 쓰세요." 하고 심드렁하게 덧붙이는 것이었다.

그러나 나는 그 말을 그대로 받아들였다.

"응, 내 마음대로 쓰고 말고. ……하지만 이번 일은 세쓰코도 힘을 많이 보태 줘야 해."

"제가 할 수 있는 일이에요?"

"그럼, 세쓰코는 내가 일하는 동안 머리부터 발끝까지 행복해 주었으면 좋겠어. 안 그러면……."

나는 혼자 우두커니 생각에 잠겨 있을 때보다 이렇게 둘이 함께 생각할 때 두뇌의 움직임이 훨씬 활발해지는 느낌을 강하게 받으며, 하나둘 떠오르는 아이디어에 사로잡힌 듯 어느샌가 병실 안을 왔다 갔다 하고 있었다.

"아픈 사람 곁에만 너무 있다 보니 기운이 빠지는 거예요. ……가끔 산책이라도 하지 그래요?"

"알았어, 일 시작하면"

나는 붉게 상기된 얼굴로 씩씩하게 대답했다.

"산책도 실컷 해야지."

                        ***

나는 숲을 나섰다. 커다란 계곡을 건너고 반대편 숲을 넘어, 야쓰가타케 산기슭 일대가 눈앞에 끝없이 펼쳐진 곳에 이르렀다. 저 멀리 숲과 닿을락 말락 한 곳에 작은 마을 하나와 경사진 논밭이 보였고, 또 그 한편에 붉은 지붕을 날개처럼 펼치고 서 있는 요양원 건물이 아주 작게, 그러나 똑똑히 보였다.

나는 새벽부터 어디를 어떻게 걷고 있는지도 모르고 그저 생각에 몸을 내맡긴 채 이 숲에서 저 숲으로 정처 없는 발길을 내딛고 있었다. 그런데 맑은 가을 공기 속에 갑자기 작은 요양원의 전경이 시야에 가까이 들어온 순간, 마치 갑자기 무언가에 홀렸다가 깨어난 사람마냥 그 건물 안에서 많은 환자 속에 둘러싸여 하루하루를 아무 생각 없이 보내던 내 모습이 생각나며 그러한 생활이 얼마나 기묘한 것인지를, 비로소 그곳을 벗어나서야 깨닫기 시작했다. 그리고 아까부터 내 안에서 끓어오르던 창작욕이 점점 거세지는 것을 느끼며 우리의 그런 기묘한 하루하루를 더할 나위 없이 애달프면서도 정적인 이야기로 빚어내고 있었다.

'세쓰코, 지금까지 그 누군들 우리처럼 서로를 사랑했을까? 그전까지 너라는 존재는 없었던 것을. 그리고 나라는 존재도……'

나의 몽상은 우리에게 일어난 이런저런 일들을 어떤 때는 주마등처럼 지나가다가 또 어떤 때는 느릿느릿 한곳에 머무르다가 하며, 하염없이 주저앉아 있는 듯했다.

나는 세쓰코에게서 물리적으로 멀리 떨어져 있기는 했지만, 그러는 사이에도 끊임없이 그녀에게 말을 걸며 그녀의 대답을 들었다. 그런 우리의 이야기는 마치 삶 그 자체처럼 다함이 없어 보였다. 그러자 이야기는 어느 틈엔가 이야기 자체의 힘으로 살아 숨 쉬기 시작하더니 나와 상관없이 멋대로 흐르기 시작하였다. 그리고 툭하면 멈춰 서 버리기 일쑤인 나는 여기 남겨 둔 채, 이야기 스스로가 마치 그런 결과를 바라기라도 했던 것처럼 병약한 여주인공의 가슴 아픈 죽음을 지어 내기 시작했다. 머지않은 죽음을 예감하면서도 얼마 남지 않은 힘을 다해 애써 쾌활하게, 애써 기품 있게 살고자 했던 여인, 연인의 품에 안긴 채 그저 남겨질 이의 슬픔만을 가슴 아파하며, 스스로는 사뭇 행복하게 죽어 간 여인, 그런 여인의 이미지가 허공에 그린 듯 또렷이 떠올랐다.

'남자는 자신의 사랑을 한결 순수한 것으로 만들고자 병든 여인을 꾀어내다시피 해서 산속 요양원에 들어간다. 그런데 죽음이 그들을 위협하려 하자 남자는 자신들이 그토록 추구하던 행복을 온전히 손에 넣는다 한들 과연 그것이 그들 자신을 만족시켜 줄 수 있을지 없을지에 대해 점차 회의를 품게 된다. 허나 여인은 그러한 죽음의 고통 속에 마지막까지 자신을 정성껏 보살펴 준 데 대해 남자에게 고마워하며 무척이나 행복하게 죽어 간다. 그리고 남자는 이토록 기품 있는 사자(死者)에게 구원받으며 비로소 자신들의 사소한 행복에 대한 믿음을 갖게 된다……'

이 이야기의 결말은 마치 자신의 자리에서 내가 오기를 기다리고 있었던 것처럼 보였다. 그러자 별안간 죽음의 문턱에 선 여인의 이미지가 맹렬한 기세로 나를 덮쳐 왔다. 나는 마치 꿈에서 깬 것처럼 무어라 형용할 수 없는 공포와 수치심에 사로잡혔다. 그리고 그런 몽상을 털어 내기라도 하려는 듯이 걸터앉아 있던 너도밤나무 밑동을 박차고 일어났다.

해는 이미 중천이었다. 산과 숲과 마을과 밭, 이 모든 것이 가을의 따사로운 햇볕 속에 너무나도 평화로이 그곳에 있었다. 저 멀리 조그맣게 보이는 요양원 건물 안에서도 모든 것이 매일 같은 습관에 따라 반복되고 있을 터였다.

이때 불현듯, 낯선 사람들 속에서 여느 때의 습관으로부터 외따로 남겨진 채 우두커니 나를 기다리고 있을 세쓰코의 쓸쓸한 모습이 떠올랐다. 그러자 갑자기 그 모습이 너무나 신경이 쓰여 나는 서둘러 산길을 내려가기 시작했다.

건물 뒤편 숲을 지나니 다시 요양원이었다. 발코니를 빙 돌아 제일 외진 병실로 향했다. 세쓰코는 이런 나를 전혀 눈치채지 못한 채 침대 위에서 늘 그렇듯 머리칼을 손가락으로 만지작거리며 어딘가 쓸쓸한 눈빛으로 허공을 응시하고 있었다. 나는 유리창을 두드리려던 손을 순간적으로 멈추며 그녀의 이런 모습을 잠자코 바라보았다. 그녀는 어떤 위협을 간신히 견디고 있는 듯, 하지만 자신이 그러고 있다는 사실조차 스스로 깨닫지 못하고 있는 것인지 넋을 놓고 있었다. 나는 터질 듯한 심장으로 그런 낯선 그녀의 모습을 바라보았다. 그러다가 갑자기 그녀의 표정이 밝아진 것 같았다. 그녀는 고개를 들더니 미소까지 지어 보였다. 나를 발견한 것이다.

나는 발코니를 통해 병실로 들어가 그녀에게 다가갔다.

"무슨 생각을 하고 있었어?"

"아무것도……."

이렇게 말하는 그녀의 목소리가 마치 남의 것 같았다.

그리고 내가 아무 말 없이 약간 우울한 표정으로 잠자코 있자 그녀는 비로소 여느 때의 자신으로 돌아왔는지 친근한 목소리로, "어디 다녀왔어요? 시간이 꽤 걸렸네요." 하고 내게 물었다.

"저쪽까지."

나는 발코니 정면에 보이는 먼 산을 대충 손으로 가리켰다.

"어머나, 그렇게 멀리까지 갔다 온 거예요? ……일은 할 수 있을 것 같아요?"

"응, 뭐……."

나는 아주 무뚝뚝하게 대답한 뒤 한동안 조금 전과 같은 침묵에 잠겼다. 그러다가 잠시 후 불쑥, "세쓰코, 지금 같은 생활, 만족스러워?" 하고 다소 긴장된 목소리로 물었다.

그녀는 그런 생뚱맞은 질문에 살짝 당황한 기색이었다. 하지만 이내 나를 물끄러미 마주보며 확신에 찬 듯 고개를 끄덕이더니, "왜 그런 질문을 해요?"라며 의심스러운 듯 되묻는 것이었다.

"왠지 지금 같은 생활이 다 나 좋자고 하는 일 아닌가 싶어서. 그게 꼭 무슨 대단히 중요한 것인 양 세쓰코한테까지……."

"그런 말 하면 싫어요."

순간 그녀가 내 말을 막았다.

"그런 말이야말로 당신 좋자고 하는 말이에요."

하지만 나는 이런 대답에는 만족할 수 없었다. 그녀는 나의 이런 침울한 모습을 그저 어쩔 줄 모르고 지켜보고만 있다가, 결국 참지 못하겠는지 이렇게 말했다.

"내가 여기에서 이렇게 만족하고 있는 게 당신 눈에는 안 보이나요? 아무리 몸이 안 좋아도 나는 단 한 번도 집에 가고 싶다는 생각을 한 적이 없어요. 만약 당신이 내 곁에 없었다면 나는 정말 어떻게 됐을까요? ……아까만 해도 그래요. 당신이 없는 동안 처음에는 그래도 당신이 늦게 돌아오면 올수록 돌아왔을 때 얼마나 그 기쁨이 더할까 하면서 힘든 걸 꾹 참고 있었는데, 돌아올 시간을 훌쩍 지나도 당신이 오지 않으니까 나중에는 정말 불안했어요. 그러자 항상 당신과 함께 있던 이 방조차 어딘가 낯설게 느껴지고 두려워서 밖으로 뛰쳐나가고 싶었다구요. ……하지만 그러다가 당신이 언젠가 내게 해 줬던 말을 떠올리니까 기분이 아주 조금 차분해지는 거예요. 당신이 언젠가 이런 말을 했죠. 지금의 우리 삶에 대해 아주 먼 훗날 다시 떠올려 보면 얼마나 아름다울까, 라고……."

그녀는 점점 갈라져 가는 목소리로 말을 맺곤, 입가에 미소인지 아닌지 알 수 없는 표정을 지으며 나를 물끄러미 바라보았다.

그녀의 이런 말에 한동안 내 가슴은 견딜 수 없이 벅차올랐다. 하지만 그렇게 감동에 젖은 내 모습을 행여나 그녀가 볼까 싶어 나는 슬쩍 발코니로 몸을 피했다. 그리고 거기서, 한때 우리의 행복을 그 위에 온전히 그려 낸 것만 같았던 저 초여름 해질녘의 그것과도 비슷한, 하지만 사실은 그것과 전혀 다른 가을 오전의 빛, 더욱 차갑고, 더욱 깊은

빛을 머금은 주변 일대의 풍경에 한껏 빠져들고 있었다. 그때의 행복과도 비슷한, 다만 그보다 훨씬 가슴 저미는 정체를 알 수 없는 감동으로 가슴 가득 벅차오름을 느끼며…….

겨울

1935년 10월 20일

　오후가 되자 나는 언제나처럼 세쓰코를 남겨 둔 채 요양원을 나섰다. 농부들이 가을걷이에 여념이 없는 논밭 사이를 빠져나와 잡목림을 뒤로 한 채 산속 움푹 패인 곳에 자리 잡은 그 인적 없는 작은 마을을 내려왔다. 그리고 실개천 위에 걸린 적교(吊橋)를 건너, 마을 맞은편 야트막한 밤나무숲을 타고 올라 그 위쪽 비탈진 곳에 자리를 잡았다. 그곳에서 나는 몇 시간이고 밝고 고요한 기분으로 이제부터 시작할 이야기 구상에 빠져 있었다. 이따금씩 저편 아래쪽에서 아이들이 밤나무를 흔들면 후두둑 하고 밤송이가 떨어지는 소리가 계곡 가득히 울려 퍼질 때면 마치 무언가 갑자기 생각이라도 난 것처럼 깜짝깜짝 놀라곤 하면서…….

이렇듯 주변에서 보이고 들리는 모든 것은 우리 삶의 열매가 이미 무르익었음을 알리며, 이를 어서 수확하라고 재촉하는 듯했다. 나는 그러한 느낌이 좋았다.

해가 뉘엿뉘엿 저물어 맞은편 잡목림의 그림자가 골짜기 마을을 완전히 가리자 나는 천천히 자리에서 일어났다. 그리고 산을 내려와 다시 적교를 건너 곳곳에서 물레방아가 끊임없이 덜컹덜컹 돌아가는 작은 마을을 훌쩍 한번 돌아보았다. 지금쯤 세쓰코가 내가 돌아오기만을 지루하게 기다리고 있겠구나, 생각하며 야쓰가타케 산기슭 일대에 펼쳐져 있는 낙엽 솔숲을 잰걸음으로 빠져나와 요양원으로 돌아왔다.

10월 23일

동틀 녘이 다 되어 바로 지척에서 나는 듯한 이상한 소리에 놀라 잠에서 깼다. 그렇게 한동안 귀를 기울였지만 요양원 전체는 쥐죽은 듯 고요할 뿐이었다. 그러고 나니 도무지 눈이 말똥말똥해져 잠이 오지 않았다.

작은 나방이 달라붙어 있는 유리창 너머로 새벽별들이 두세 개 희미한 빛을 발하고 있었다. 나는 왠지 그 해 뜰 무렵의 분위기에 형언할 수 없는 쓸쓸함을 느끼며 자리에서 스르르 일어나서는 무엇을 하려 했는지 나 자신조차 알 수 없이 어둠이 채 가시지 않은 세쓰코의 병실에 맨발로 들어섰다. 그리고 침대로 다가가 몸을 숙여 세쓰코의 잠든 얼굴을 바라보았다.

그러자 그녀가 뜻밖에도 반짝 하고 눈을 뜨더니 내 쪽을 올려다보며, "무슨 일이에요?" 하고 의하한 듯 물었다.

나는 아무 일 아니라고 눈짓으로 말하며 그대로 천천히 그녀 위로 몸을 굽혀 이제 도저히 참을 수 없다는 듯 그녀의 얼굴에 내 얼굴을 포개었다.

"아이, 차가워."

그녀는 눈을 감으며 고개를 살짝 움직였다. 머리칼의 은은한 향이 코끝을 스쳤다. 우리는 그렇게 서로의 호흡을 느끼고 볼을 맞댄 채 오랜 시간 가만히 있었다.

"어머, 밤송이가 또 떨어졌나 봐요……."

그녀가 가늘게 뜬 눈으로 나를 바라보며 말했다.

"아, 밤송이였구나. ……저것 덕분에 아까 눈을 뜬 거거든."

나는 살짝 달뜬 목소리로 말하며 그녀에게서 눈을 돌려 어느덧 조금씩 밝아 오고 있는 창가 쪽으로 다가갔다. 그렇게 창에 기대어 두 눈 어디에서 흘러나오는지조차 알 수 없는 뜨거운 것이 뺨을 타고 내리도록 내버려 둔 채, 구름 몇 점이 꿈쩍도 않고 가만히 있는 저쪽 산등성이 주변이 붉은색으로 번져 가는 것을 응시하고 있었다. 그제야 밭에서 소리가 나기 시작했다.

"그러고 있으면 감기 걸려요."

침대 위에서 그녀가 작은 소리로 말했다.

나는 무슨 말이라도 가볍게 하고 싶어 그녀를 뒤돌아보았다. 하지만 염려스러운 듯 눈을 크게 뜨고 나를 바라보고 있는 그녀와 시선이 마주치자 그런 말은 나오지 않았다. 그렇게 말없이 창가를 벗어난 나는 내 방으로 돌아왔다.

그로부터 몇 분 후, 세쓰코는 새벽이면 으레 그렇듯 심한 기침을 내뱉기 시작했다. 나는 다시 이불 속으로 기어 들어가며 무어라 말할 수 없이 불안한 심정으로 그 소리를 듣고 있었다.

10월 27일

오늘도 산과 숲에서 오후를 보냈다.

하나의 테마가 온종일 머릿속을 떠나지 않는다. 진정한 '약혼'이라는 테마, 두 사람이 그 짧은 일생 동안 서로를 얼마나 행복하게 해 줄 수 있을까? 항거할 수 없는 운명 앞에서 조용히 고개를 떨군 채, 서로의 마음과 마음, 몸과 몸을 따스하게 감싸 안으며 나란히 서 있는 젊은 남녀의 모습, 그런 한 쌍의 모습, 쓸쓸해 보이지만 그러면서도 즐거운 구석이 없지도 않은 우리의 모습이 눈앞에 또렷이 떠오른다. 이것이 아닌 그 무엇을 지금의 내가 그릴 수 있을까?……

저녁 시간, 끝없이 이어지는 산기슭을 샛노랗게 물들이며 경사진 낙엽 솔숲 가장자리를 언제나처럼 서둘러 지나 돌아와 보니, 요양원 뒤편 잡목림 끝자락에서 저물어 가는 햇살을 받아 머리칼이 눈부시게 빛나는 키 큰 젊은 여인 한 명이 먼발치에 보였다. 나는 잠시 멈추어 섰다. 아무래도 세쓰코 같았다. 하지만 그런 곳에 홀로 있는 것을 보니 과연 그녀가 맞는지 확실치 않아 조금 더 발길을 재촉했다. 점점 가까이 가 보니 그녀는 역시 세쓰코였다.

"무슨 일이야?"

그녀 곁에 다다를 무렵 숨을 헐떡이며 내가 물었다.

"여기서 당신을 기다리고 있었어요."

그녀는 다소 상기된 얼굴로 웃으며 답했다.

"이렇게 막 돌아다녀도 되는 건지 모르겠네."

옆에서 그녀의 얼굴을 쳐다보며 물었다.

"한 번 정도는 괜찮아요. ……게다가 오늘은 정말 컨디션이 좋은 걸요."

애써 씩씩하게 말하며 그녀는 여전히 내가 되짚어 온 산기슭 쪽을 바라보고 있었다.

"당신 모습이 저만치서부터 보였어요."

나는 말없이 옆에 서서 그녀와 같은 쪽을 바라보았다.

그녀가 다시 씩씩하게 말했다.

"이곳까지 나오니 야쓰가타케가 확실히 보이네요."

"응."

건성으로 이렇게만 대답했는데, 그대로 그렇게 세쓰코와 어깨를 나란히 하고 산을 바라보고 있는 사이 왠지 불쑥 까닭을 알 수 없는 혼란스러움이 느껴졌다.

"이렇게 세쓰코와 저 산을 바라보는 건 오늘이 처음이네. 그런데 나는 어쩐지 지금까지 여러 번 저 산을 함께 바라봤던 것만 같은 기분이 들어."

"그럴 리가 없잖아요."

"아니, 그래······. 이제야 비로소 알겠어······. 우리는 말이지, 아주 오래전에 저 산을 바로 반대편에서 오늘처럼 함께 바라본 적이 있었어. 아니, 세쓰코와 함께 저 산을 바라보았던 그해 여름에는 언제나 구름으로 가려져 거의 아무것도 보이지 않았지. ······그런데 가을이 돼서 내가 혼자 그곳에 가 보니 저 멀리 지평선 끝으로 저 산이 지금과는 반대 방향에서 보이는 거야. 무슨 산인지도 전혀 모른 채 멀리 바라보기만 했던 그곳이 분명 저 산이 맞을 거야. 방향이 거의 같거든. ······세쓰코, 억새밭이 끝없이 펼쳐져 있던 그때 그 초원, 기억나지?"

"네."

"어쨌든 정말로 신기한 일이야. 그 산기슭에서 우리가 지금껏 아무것도 모르고 이렇게 지내 왔다는 것이······."

꼭 2년 전 가을의 마지막 날, 끝없이 이어지던 억새밭 어딘가에서 처음으로 지평선 위로 선명히 드러난 저 산들을 먼발치에서 바라다보며 가슴 아플 정도로 행복해했던, 언젠가는 반드시 그녀와 함께하게 되기를 꿈꾸던 스스로의 모습이 사무치게 그립고 선명하게 눈앞에 그려졌다.

우리는 침묵에 빠졌다. 첩첩이 늘어선 산등성이 위를 철새 떼가 소리도 없이 스윽 가로지르고 있었다. 우리는 처음 만났을 때와 같이 애틋한 마음으로 서로 어깨를 맞댄 채 말없이 그곳에 서서 그 모습을 바라보고만 있었다. 길게 늘어난 두 사람의 그림자가 풀밭을 엉금엉금 기기 시작했지만 상관없었다.

이윽고 바람이 조금 부는가 싶더니 등 뒤의 잡목림이 술렁거리기 시작했다. 나는 불쑥, "이제 슬슬 돌아가 볼까?" 하고 그녀를 재촉했다.

우리는 끊임없이 잎을 떨구고 있는 잡목림 속으로 들어갔다. 나는 이따금씩 멈춰 서서 그녀를 조금 앞세워 걷게 했다. 2년 전 여름, 그저 그녀를 더 잘 보고픈 마음에 일부러 두세 걸음 앞세우며 산속을 거닐던 그날의 작은 추억들이 새록새록 떠올랐다. 나는 가슴이 터질 듯 벅차올랐다.

11월 2일

밤이 되자 불빛 하나가 우리를 가까이 불러 모았다. 우리는 불빛 아래서 아무 말도 하지 않는 것에 익숙해져 있었고, 내가 우리 삶의 행복을 테마로 한 이야기를 열심히 써 내려가고 있는 동안, 전등갓 그림자가 드리워진 침대 위에서 세쓰코는 거기 있는지 없는지도 모를 정도로 고요히 잠들어 있다. 이따금씩 고개를 들어 보면 세쓰코가 아까부터 계속 바라보고 있었던 것처럼 나를 응시하고 있을 때가 있다.

"이렇게 당신 곁에 있을 수만 있다면 나는 그걸로 됐어요."

이 말을 하고 싶어 안달이라도 난 듯, 사랑이 가득한 눈빛이었다. 아, 그녀의 이런 눈빛이 얼마나 지금의 나로 하여금 우리가 누리고 있는 행복을 믿게끔 하는지, 그리고 이렇게 그 행복에 분명한 형태를 부여하기 위해 노력하고 있는 나를 도와주는지!

11월 10일

겨울이 되었다. 하늘은 드넓고 산봉우리들은 점점 가까워진다. 눈구름 같은 것이 줄곧 꿈쩍도 없이 산마루 근처에만 머물러 있는 때가 있다. 그런 날이면 산에서 눈에 쫓겨 이리로 오는 것인지, 평상시 그다지 본 적이 없던 새들이 발코니에 조르르 내려와 앉아 있곤 한다. 그렇게 눈구름이 사라지고 나면 하루 정도 산마루 근처만 희끄무레한 빛을 띤다. 그리고 그렇게 요 며칠 서린 눈이 몇몇 산봉우리에 그대로 쌓여 남으면서 두드러져 보이기 시작했다.

나는 몇 년 전, 이런 쓸쓸한 겨울 산골 마을에서 사랑스러운 한 여인과 단둘이서 세상을 등진 채 서로 애달피 사랑하며 지내는 모습을 종종 꿈꾸던 시절을 떠올린다. 소싯적부터 줄곧 잊어 본 적이 없는 달콤한 인생에 대한 무한한 꿈을, 이처럼 사람들이 두려워하는 가혹한 자연 속에서 그 상태 그대로 조금도 가감 없이 실현해 보고 싶었던 것이다. 그리고 이를 위해서는 반드시 이런 진정한 겨울, 쓸쓸한 산골에서의 삶이어야만 했던 것이다.

새벽이 밝아 올 무렵, 나는 아픈 그녀가 아직 잠들어 있는 사이 살짝 자리에서 일어나 쌓인 눈 속을 향해 힘차게 오두막을 나선다. 주변 산들은 새벽빛을 받아 장밋빛으로 물들어 있다. 나는 인근 농가에서 갓 짜낸 산양의 젖을 받아 얼어붙은 몸을 이끌고 오두막으로 돌아온다. 그리고 직접 난로에 장작을 집어넣는다. 잠시 후 타닥타닥 소리를 내며 장작불이 훨훨 타오르고, 그 소리에 비로소 그녀가 잠에서 깰 때쯤이면 나는 이미 곱은 손으로, 하지만 퍽 즐거운 얼굴로 지금의 이 산골 생활을 그대로 적어 내려가고 있다.

오늘 아침 나는 몇 년 전에 꿈꾸었던 모습, 세상 어디에도 있을 법하지 않은 마치 판화와도 같은 이런 겨울 풍경을 그려 보았다. 그 속에서 나는 통나무 오두막 안의 세간살이 위치를 이리저리 바꾸어 보기도 하고 또 이 꿈에 대해 나 자신에게 되묻기도 했다. 그러다가 어느 순간이 되자, 다른 배경은 뿔뿔이 흩어져 사라져 가고 눈앞에는 그 꿈에서 현실 세계로 불거져 나온 것처럼, 희미하게 눈 서린 산봉우리들과 벌거벗은 나무들, 차가운 공기만이 남겨져 있었다.

혼자서 식사를 마친 후 창가에 의자를 끌어와 이런 추억에 잠겨 있던 나는, 이제 겨우 식사를 마치고 그대로 침대 위에 일어나 앉은 채 어딘가 피곤해 보이는, 멍한 눈으로 산 쪽을 바라보고 있는 세쓰코에게 불현듯 시선을 돌렸다. 그녀의 살짝 헝클어진 머리칼과 수척해진 얼굴에 새삼 가슴이 저려 왔다.

'나의 이런 꿈이 너를 이런 곳까지 끌고 온 것은 아닐까?'

후회 같기도 한 어떤 감정이 밀려오는 것을 느끼며, 나는 세쓰코에게 속으로 이렇게 이야기했다.

'그런데도 요즈음의 나는 내 일에만 온통 마음을 빼앗기고 있어. 그리고 이렇게 네 곁에 있을 때조차 나는 너에 대해서는 아무 생각도 하지 않고 있지. 그런 주제에 나는 일하면서 너에 대해서 더욱더 생각하고 있다며 너를, 그리고 내 자신까지도 설득하려 들고 있어. 그렇게 어느 틈엔가 혼자 신이 나서는 너에 대해서보다 나의 보잘것없는 꿈 따위에 이렇게 시간을 보내고 있는 거야……'

나의 이런 무언가 할 말 있는 듯한 눈빛을 느낀 것인지 세쓰코는 침대 위에서 웃음기라고는 없이 진지한 얼굴로 나를 마주보고 있었다. 이 무렵 언제부터 시작된 것인지 이런 식으로 전보다 훨씬 오랫동안, 점점 더 서로를 옭아매듯 마주보는 것이 우리의 하나의 습관이 되어 있었다.

11월 17일

이제 2, 3일이면 노트를 완성하겠지. 우리의 이런 생활에 대해 적다 보면 끝이 없을 것이다. 뭐가 어찌 됐든 글을 일단 완성하려면 어떻게든 결말을 지어야 하는데, 지금도 이어지고 있는 우리의 삶에는 어떠한 결말도 부여하고 싶지 않다. 아니, 부여할 수는 없을 것이다. 오히려 지금 있는 그대로의 모습으로 끝맺는 것이 최선일 것이다.

지금 있는 그대로의 모습? ……나는 지금 어떤 이야기에서 읽은 '행복했던 추억만큼 행복을 가로막는 것은 없다.'는 말이 떠오른다. 지금 우리가 서로 나누고 있는 것은 예전에 나누었던 행복과는 너무나 다른 것이 되어 버렸구나! 그것은 그때의 행복과도 닮았으면서도 또 퍽이나 다른, 훨씬 가슴 터질 듯 애달픈 그 어떤 것이다. 그 진정한 모습이 아직 우리 삶의 표면에 제대로 드러나 있지도 않은 것을 이렇게 급하게 좇아가다가, 과연 우리의 행복 이야기에 어울리는 결말을 만들어 낼 수 있을까? 왜 그런지는 모르겠지만, 내가 아직 확실하게 알지 못하는 우리 삶의 이면에는 어쩐지 우리의 행복에 적의(敵意)를 품은 무언가가 숨어 있는 것 같다는 생각이 자꾸만 든다.

이런 어딘가 불안한 생각에 휩싸여 있던 나는 불을 끄고 이미 잠든 세쓰코 옆을 지나가려다가 문득 멈추어 섰다. 그리고 어둠 속에 홀로 하얗게 떠 있는 그녀의 잠든 얼굴을 물끄러미 지켜보았다. 움푹 꺼진 눈가가 이따금씩 가느다란 경련을 일으켰는데, 내 눈에는 그것이 꼭 무언가로부터 위협을 받고 있는 모습으로 보였다. 단순히 나 스스로의 형언하기 힘든 불안이 그런 식으로 느끼게끔 한 것이었을까?

11월 20일

지금까지 작성한 노트를 전체적으로 다시 한 번 읽어 보았다. 적어도 의도했던 바는 이 정도면 그럭저럭 됐다 싶을 정도로 적은 것 같았다.

하지만 그와는 별도로 나는 그것을 읽고 있는 나 자신 안에서 이야기의 테마를 이루고 있는 나 자신의 '행복'을 온전하게 맛보지 못한 채, 불안해하는 전혀 예상치 못했던 내 모습을 발견하고 있었다. 그리고 생각은 어느 틈엔가 이야기 그 자체에서 벗어나고 있었다.

'이 이야기 속의 우리는 우리에게 허락된 사소한 삶의 즐거움을 맛보면서 오로지 그것만으로도 서로를 행복하게 할 수 있다고 믿고 있어. 적어도 그것만으로도 나는 내 마음을 붙잡아 매어 둘 수 있다고 생각했어. 그런데 욕심이 너무 과했던 것일까? 그러다 보니 내가 삶에 대한 스스로의 욕구를 다소 가벼이 본 것일까? 그래서 내 마음을 붙들어 매고 있던 경계심의 끈이 지금 이렇게 끊어지려 하는 것일까?'

"가엾은 세쓰코……."

나는 책상 위에 내팽개친 노트를 정리하려고도 하지 않은 채 계속 생각에 잠겨 있었다.

'나 자신도 미처 눈치채지 못한 듯 굶었던 삶에 대한 나의 그런 욕구를 세쓰코는 침묵 속에 꿰뚫어 보고 동정했던 것이었어. 그리고 그것이 이렇게 다시 나를 괴롭히고 있는 거야. ……어째서 이런 내 모습을 그녀에게 끝까지 숨기지 못했던 것일까? 정말이지 나라는 사람은 어쩌면 이다지도 약하단 말인가…….'

등불 그림자에 가려진 침대에 누워 아까부터 눈을 반쯤 감고 있는 세쓰코에게 시선을 옮기자 거의 질식할 것만 같았다. 나는 불빛에서 멀어지며 살금살금 발코니 쪽으로 다가갔다. 달이 작게 걸린 밤이었다. 그리고 그 달은 구름에 덮인 산이며 언덕이며 숲 따위를 윤곽만 겨우 알아볼 수 있을 정도로 희미하게 비추고 있었다. 그 밖의 것들은 거의 대부분 둔탁한 푸른빛을 띤 어둠 속에 녹아들어 있었다. 그러나 내가 보고 있던 것은 그런 것들이 아니었다. 나는 언젠가 초여름 저녁노을 속에 둘이서 가슴 시릴 정도로 하나 된 마음으로 우리의 행복을 이대로 언제까지나 지켜 낼 수 있을 것이라 생각하며 바라보았던, 아직 그 무엇 하나 사라지지 않고 남아 있는 추억 속의 산이며 언덕이며 숲 따위, 이러한 것들을 생생하게 마음속에 되살려 내고 있었던 것이다. 그리고 우리마저 그 일부가 되어 버린 그 한순간의 풍경을 이런 식으로 여태까지 수도 없이 되살려 냈다. 그러다 보니 언제부터인가 그것들마저 우리 존재의 일부분이 되어, 기어이 계절과 함께 변화하는 그것들의 현재 모습이 자칫하면 우리에게는 거의 보이지 않게 되어 버릴 정도였다……

'그런 행복한 순간을 우리가 누릴 수 있었다는 것은, 그것만으로도 이미 우리가 이렇게 함께 살 만한 가치가 있었다는 뜻일까?'

나는 스스로에게 묻고 있었다.

등 뒤에서 가벼운 발소리가 들렸다. 분명 세쓰코의 발소리였다. 하지만 나는 뒤돌아볼 생각조차 하지 않은 채 가만히 있었다. 그녀 역시 아무 말 없이 내게서 조금 떨어진 곳에 서 있었다. 그러나 나는 숨 쉬는 것이 느껴질 만큼 그녀와 가까이 있음을 느낄 수 있었다. 이따금씩 차가운 바람이 발코니 위를 소리 없이 스쳐 지나갔다. 저 멀리 고목(枯木)에서 메마른 소리가 새어 나오고 있었다.

"무슨 생각해요?"

마침내 그녀가 입을 열었다.

나는 이 질문에는 곧장 대답하지 않았다. 그러다가 갑자기 그녀를 뒤돌아보고 애매하게 웃으며, "세쓰코는 알고 있지?" 하고 되물었다.

그녀는 마치 덫을 피하듯 조심스러운 얼굴로 나를 보았다. 그런 그녀를 보며 나는, "일에 대해 생각하고 있었어."라며 천천히 입을 열었다.

"도무지 괜찮은 결말이 떠오르지를 않잖아. 나는 우리가 허송세월이나 하며 산 것처럼 끝내고 싶지는 않거든. 어때, 이 부분에 대해 세쓰코도 나와 함께 생각해 보지 않겠어?"

그녀는 나를 향해 미소 지어 보였다. 어딘가 아직 불안함이 감도는 미소였다.

"그치만 나는 당신이 어떤 글을 썼는지도 모르는걸요."

겨우 다시 입을 뗀 그녀가 작은 목소리로 말했다.

"그랬나?"

나는 다시 한 번 애매한 웃음을 지으며 말했다.

"그럼, 한번 읽어 볼래? 하지만 아직 첫 부분도 남들에게 읽어 보라고 할 만큼 정리돼 있진 않아."

우리는 방으로 돌아왔다. 나는 다시 등불 옆에 앉아 한쪽 구석에 내팽개쳤던 노트를 집어 들어 펼쳐 보았다. 그리고 그녀도 그런 내 뒤에 서서 내 어깨에 손을 살짝 얹고는 그 너머로 노트를 들여다보았다. 한참이 지난 후 나는 뒤돌아보며, "세쓰코는 이제 자야지." 하고 메마른 목소리로 말했다.

"응."

그녀는 순순히 대답하고 내 어깨에서 살짝 망설이던 손을 떼더니 침대로 돌아갔다.

"왠지 잠이 안 올 것 같아요."

2, 3분이 흘렀을까, 그녀가 침대 위에서 혼잣말처럼 중얼거렸다.

"그럼 불 끌까? ……나는 이제 됐어."

나는 이렇게 말한 뒤 불을 끄고 자리에서 일어나 그녀의 머리맡으로 다가갔다. 그리고 침대 가장자리에 걸터앉아 그녀의 손을 잡았다. 우리는 한동안 그 자세로 어둠 속에서 말없이 있었다.

바람이 아까보다 퍽 거세어진 모양이었다. 숲 이곳저곳에서 끊임없이 휘몰아치는 소리가 들려왔다. 종종 그 바람은 요양원 건물에 부딪히며 창문을 세차게 두드리고 지나갔고, 나중에는 우리 방 창문까지 삐걱거렸다. 그녀는 겁에 질린 듯 내 손을 잡고 놓지 않았다. 그리고 눈을 감은 채 그녀 자신의 내면에서 일어나는 어떤 움직임에 집중하려는 듯 보였다. 잠시 후 그녀의 손에서 조금 힘이 풀리기 시작했다. 그녀가 잠든 척을 하는 것 같았다.

"자, 그럼 이제 내 차례인가……."

이렇게 중얼거리며 나는 그녀와 마찬가지로 잠들 것 같지 않은 스스로를 재우기 위해 칠흑 같은 어둠에 잠긴 내 방으로 향했다.

11월 26일

요즘 들어 자꾸만 새벽녘에 잠에서 깨곤 한다. 그럴 때면 나는 살짝 자리에서 일어나 세쓰코의 잠든 얼굴을 뚫어져라 바라본다. 침대 가장자리나 유리병 따위는 점점 누렇게 색이 바래고 있는데 그녀의 얼굴만은 시간이 흘러도 창백하다.

"가엾은 사람."

나는 입버릇처럼 나도 모르게 이 말을 중얼거릴 때가 있다.

오늘도 동틀 무렵에 눈을 뜬 나는 세쓰코의 잠든 얼굴을 한참 바라본 후 까치발로 병실을 나서 요양원 뒤편 숲으로 향했다. 숲은 보기 딱할 정도로 앙상하게 메말라 있었다. 어디를 보아도 나무마다 시든 잎사귀가 두세 장 겨우 달라붙어 힘겹게 바람과 맞서고 있을 뿐이었다. 그 공허한 숲을 빠져나오니, 야쓰가타케 산봉우리를 차고 올라온 태양이 남에서 서로 늘어선 겹겹의 산등성이 위로 낮게 깔려 꿈쩍도 하지 않는 구름 덩어리를 순식간에 붉은빛으로 물들이기 시작했다. 하지만 그런 새벽빛도 아직 지상에 닿기에는 이른 시각이었다. 산등성이들 사이사이에 자리 잡고 있는 쓸쓸한 겨울 숲, 척박한 밭과 황무지는 한동안 그 누구의 손길도 닿지 않은 듯 황량해 보였다.

나는 이 메마른 숲의 변두리 일대를 추위에 한 번씩 멈춰 서기도 하면서 거닐고 있었다. 그렇게 무슨 생각을 했는지 스스로도 기억이 안 나는 생각들을 두서없이 하던 나는 어느 순간 갑자기 고개를 들어 위를 올려다보았다. 하늘이 어느덧 빛을 잃고 어두운 구름에 완전히 휩싸여 있었다. 그러자 바로 조금 전까지 그토록 아름답게 타오르던 새벽빛이 지상에 닿기만을 손꼽아 기다리고 있었던 사람마냥 금세 맥이 빠진 나는 요양원으로 돌아오는 발걸음을 재촉하기 시작했다.

세쓰코는 이미 잠에서 깨어 있었다. 하지만 내가 돌아온 것을 눈치채고도 그녀는 권태로운 눈빛으로 이쪽을 한번 올려다볼 뿐, 안색도 아까 잠들어 있던 때보다 훨씬 창백해 보였다. 머리맡으로 다가가 머리칼을 매만지며 이마에 입 맞추려 하자 그녀가 가녀린 몸짓으로 고개를 저었다. 나는 아무것도 묻지 않은 채 슬픈 얼굴로 그녀를 바라보았다. 그러나 그녀는 그런 나를, 아니, 그보다는 오히려 그런 나의 슬픔을 외면하기라도 하려는 듯 초점 없는 눈으로 허공을 응시하고 있었다.

밤.

아무것도 모르고 있던 것은 나뿐이었다. 오전 진찰이 끝나고 수간호사가 부르기에 복도로 나가 보았다. 그리고 이때 처음으로 세쓰코가 아침나절 내가 없는 사이에 소량의 각혈(喀血)을 했다는 이야기를 들었다. 세쓰코는 나에게는 그런 이야기를 하지 않았다. 각혈은 위험한 수준은 아니었지만 만일을 위해 한동안 담당 간호사를 곁에 두라는 원장의 지시가 있었다고 한다. 나로서는 동의하는 수밖에 없었다.

나는 마침 비어 있는 옆 병실로 그 기간 동안에만 자리를 옮기기로 했다. 그리고 지금, 그녀와 둘이 쓰던 병실을 꼭 빼닮은, 그러면서도 낯설기 그지없는 방 안에서 홀로 이 일기를 쓰고 있다. 내가 몇 시간 전부터 이렇게 앉아 있는데도 방 안은 여전히 텅 비어 있는 느낌이다. 이 방에는 마치 아무도 없는 것처럼 조명마저 차갑게 빛나고 있다.

11월 28일

작업 노트가 책상 위에 아무렇게나 굴러다니고 있다. 거의 완성 단계지만 거기서 조금도 손대지 않은 채로, 세쓰코에게는 이를 완성하기 위해서라도 한동안 따로 지내는 편이 좋다고 일러두었다.

그런데 어떻게 하면 노트에 적혀 있는 것과 같이 우리가 행복했던 그때로, 지금과 같은 불안한 기분을 안고 나 혼자서 들어갈 수는 없는 것 아닐까?

나는 매일 두세 시간에 한 번꼴로 옆 병실을 찾아 세쓰코의 머리맡에 한동안 앉아 있다가 오고 있다. 다만, 환자에게 말을 시키는 것은 좋지 않기 때문에 거의 아무 말도 하지 않을 때가 많다. 간호사가 없을 때에도 둘이서 말없이 손만 잡은 채 최대한 서로 눈이 마주치지 않도록 하고 있다.

그런데 어쩌다가 우연히 눈이 마주치기라도 하면 그녀는 마치 우리가 처음 만났던 그 시절처럼 나를 향해 잠시 멋쩍은 미소를 지어 보인다. 하지만 곧바로 눈을 돌려 허공을 바라보며 이런 처지에 놓여 있다는 사실에 대해 일절 불평 없이 가만히 잠드는 것이었다. 그녀는 내게 일은 잘되고 있냐고 한번 물은 적이 있다. 나는 고개를 저었다. 그러자 그녀는 안됐다는 눈빛으로 나를 쳐다보았다. 그리고 그 후 그녀는 더는 그런 질문을 하지 않았다. 하루가 그렇게 여느 날처럼 아무 일 없었던 듯 조용히 지나간다.

또 그녀는 내가 그녀를 대신해 아버님께 편지를 부치는 것도 싫다고 했다.

밤이 되었다. 나는 늦은 시각까지 아무것도 하지 않고 그저 책상에 앉아 발코니 위로 떨어지는 빛 그림자를 멍하니 바라보고 있다. 창가에서 멀어지면서 점점 희미해지더니 결국 사방에서 에워싸는 어둠과 하나가 되는 빛 그림자가 꼭 지금의 내 마음속 같기만 하다. 어쩌면 세쓰코도 잠들지 못하고 내 생각을 하고 있는지도 모르겠다…….

12월 1일

요즘 어찌 된 일인지 내 방 조명에 꼬여 드는 나방의 수가 다시 늘어난 것 같다.

밤이 되면 어디선가 날아온 나방들이 굳게 닫힌 창문 유리를 향해 돌진해 온다. 그리고 그 타격으로 상처를 입지만, 그럼에도 포기하지 않고 삶을 추구하며 죽을힘을 다해 유리에 구멍을 내려 한다. 내가 성가신 마음에 불을 끄고 잠자리에 들면, 그래도 한동안은 미친 듯 파닥이다가 어느덧 조금씩 날갯짓을 멈추고 어딘가에 꼼짝도 하지 않고 붙어 버린다. 그리고 이튿날이면 창가에서 썩은 낙엽처럼 뒹구는 죽은 나방을 어김없이 발견하곤 한다.

오늘 밤도 그런 나방 한 마리가 기어이 방 안으로 날아들더니 아까부터 내 옆의 조명 주위를 미친 듯이 파닥거리며 빙글빙글 맴돌고 있다. 그러다가 어느 순간 툭, 하는 소리와 함께 종이 위에 떨어진다. 그리고 꽤 오랫동안 그 상태로 움직임이 없다. 그런가 하면 자신이 살아 있음을 문득 깨닫기라도 한 듯 퍼뜩 다시 날아오른다. 자기가 무엇을 하고 있는지 모르는 것 같다. 그리고 잠시 후 또다시 툭, 하는 소리와 함께 종이 위에 떨어진다.

나는 알 수 없는 두려움에 나방을 쫓기는커녕 사뭇 무관심하게 종이 위에서 나방이 죽어 가는 것을 내버려 둘 뿐이다.

12월 5일

저녁 무렵 방 안에는 둘만 남게 되었다. 담당 간호사는 식사를 하러

가고 없었다. 겨울 해가 이미 서쪽 산등성이 너머로 기울고 있었다. 그렇게 저물어 가던 햇살이 조금씩 싸늘함이 감돌기 시작하던 방 안을 갑자기 환하게 밝혀 왔다. 나는 세쓰코의 머리맡에서 히터에 발을 올려놓은 채 들고 있는 책 쪽으로 몸을 숙이고 있었다. 이때 세쓰코가 문득, "어머, 아버지!" 하고 나지막이 외치는 소리가 들렸다.

나는 깜짝 놀라 반사적으로 그녀를 향해 고개를 들었다. 세쓰코의 눈이 그 어느 때보다 빛나고 있었다. 그래도 나는 방금 전의 그녀의 외침을 못 들은 척 짐짓 태연하게, "지금 뭔가 말했어?" 하고 물어보았다.

그녀는 한동안 대답이 없었다. 하지만 그녀의 눈은 한층 더 빛나고 있었다.

"저 야트막한 산 왼편 가장자리, 작게 햇살이 비치는 곳 있잖아요?"

세쓰코는 작심한 듯 손가락으로 그쪽을 가리키더니 무언가 하기 어려운 말을 억지로 끄집어내는 것처럼, 손가락을 이번에는 자신의 입에 가져다 대며 말했다.

"이 시간이면 항상 저곳에 아버지 옆모습을 쏙 빼닮은 그림자가 생기거든요. ……봐요, 지금 막 생겼는데, 모르겠어요?"

그녀의 손가락 끝을 따라가 보니 그 야트막한 산이 그녀가 말하는 곳임을 금방 알 수 있었다. 하지만 그 언저리에서 내 눈에 보이는 것이라고는 그저 저물어 가는 햇살을 받아 선명하게 드러난 주름진 산자락뿐이었다.

"조금 있으면 사라져요. ……아, 아직 이마 부분은 남아 있네."

그제야 비로소 아버님의 이마와 닮았다는 부분이 보였다. 내가 보기에도 과연 아버님의 반듯한 이마를 닮아 있었다.

'저런 그림자 속에서까지 아버님의 모습을 찾고 있다는 것인가…….
아, 세쓰코는 온몸으로 아버님을 느끼고 있고, 부르고 있어…….'

그러나 어둠은 순식간에 그 야트막한 산을 집어삼켜 버렸다. 그리고 그림자는 흔적도 없이 사라지고 말았다.

"세쓰코, 집에 가고 싶은 거지?"

마음속에 떠오른 첫마디가 입 밖으로 불쑥 튀어나왔다.

그러고는 바로 불안한 마음으로 세쓰코의 눈을 바라보았다. 그녀는 참으로 매정한 눈빛으로 나를 쳐다보더니 곧이어 시선을 돌리며, "네, 어쩐지 집에 가고 싶어졌어요." 하고 들릴락 말락 갈라진 목소리로 답했다.

나는 입술을 깨문 채 소리 없이 침대 옆에서 일어나 창가 쪽으로 다가갔다.

등 뒤에서는 세쓰코의 살짝 떨리는 목소리가 들렸다.

"미안해요. ……그렇지만, 지금 잠깐뿐인걸요. ……이런 기분, 곧 괜찮아질 거예요……."

나는 창가에서 팔짱을 낀 채 말없이 서 있었다. 여기저기 산기슭마다 땅거미가 내려앉고 있었다. 다만, 산마루에는 아직 희미한 빛이 서려 있었다. 순간, 목을 조르는 듯한 공포가 나를 덮쳐 왔다. 나는 세쓰코를 휙 돌아보았다. 그녀는 두 손으로 얼굴을 감싸고 있었다. 갑자기 모든 것이 우리에게서 사라질 것만 같은 불안이 엄습해 왔다. 나는 침대 쪽으로 성큼성큼 다가가 세쓰코의 얼굴에서 억지로 손을 떼어 버렸다. 그녀는 내게 저항하지 않았다.

봉긋이 솟은 이마, 고요한 광채를 머금은 눈, 꼭 다문 입가, 그녀는 그 무엇 하나 조금도 변한 곳이라곤 없이, 그 어느 때보다도 더욱 해치기 어려운 존재로 보였다. ……그리고 아무것도 아닌 일에 그토록 두려워하는 나 자신이 도리어 어린아이 같았다. 나는 몸에서 갑자기 힘이 빠져나가는 느낌을 받으며 털썩 무릎을 꿇고는 침대 한편에 얼굴을 묻었다. 그렇게 언제까지나 고개를 파묻은 채 움직이지 않았다. 내 머리칼을 부드럽게 어루만지는 세쓰코의 손길을 느끼며…….

방 안에까지 어스름이 밀려들고 있었다.

음산한 죽음의 골짜기

거의 3년 반 만에 다시 찾은 마을은 온통 눈으로 덮여 있었다. 일주일도 더 전부터 내리다가 오늘 비로소 그친 것이라 한다. 밥을 해 주러 오기로 한 마을의 젊은 처녀와 그녀의 남동생이, 남동생의 것으로 보이는 작은 썰매에 내 짐을 싣고 내가 올겨울을 보낼 산속 오두막까지 옮겨다 주었다. 나는 썰매 뒤를 따라가다가 중간에 몇 번이나 미끄러질 뻔했는지 모른다. 그 정도로 골짜기에 쌓인 눈은 단단하게 얼어붙어 있었다.

내가 빌린 오두막은 마을에서 약간 북쪽으로 들어간 작은 골짜기에 자리 잡고 있었는데, 예전부터 이 일대 여기저기에 많이 들어서 있던 외국인 별장들 가운데 제일 변두리 쪽에 있었다. 이곳에서 여름을 보내려고 찾아오는 외국인들은 이 계곡을 가리켜 행복의 골짜기라 부른다나. 지나가는 사람 하나 없이 쓸쓸하기 그지없는 이곳의 어디가 도대체 행복의 골짜기라는 것인지. 지금은 온통 눈에 파묻힌 채 발길이 끊긴 별장들을 하나씩 지나쳐 가며 조금 뒤처져 두 남매를 따라가는 사이, 내 입에서는 행복의 골짜기와는 정반대의 이름이 튀어나오려 했다. 순간 무언가가 마음을 가로막아 잠시 머뭇거렸지만, 다시 마음을 고쳐먹고 말해 보았다. 음산한 죽음의 골짜기……. 그래, 이편이 이 골짜기에는 훨씬 잘 어울려. 적어도 한겨울, 이런 곳에서 홀아비 생활을 하려 하는 내게는. 이런 생각을 하며 마침내 내가 빌린 제일 안쪽 오두막에 다다랐다. 그곳은 구색 맞추듯 좁은 베란다가 딸려 있는 나무껍질로 지붕을 인 오두막으로, 주변의 눈 위로 무언가 정체를 알 수 없는 발자국이 빼곡히 찍혀 있었다. 밥을 해 주러 온 처녀가 먼저 오두막 문을 열고 들어가 덧문 따위를 열고 있는 사이, 나는 그녀의 남동생으로부터 이것은 토끼요, 이것은 다람쥐요, 그리고 이것은 꿩이요, 하며 정체불명의 발자국에 대해 하나하나 설명을 들었다.

잠시 후 반쯤 눈을 뒤집어쓰고 있는 베란다에 나가 주위를 바라보았다. 그곳에서 내려다보니 우리가 방금 올라온 골짜기는 아담하지만 꽤나 수려한 계곡의 일부분이었다. 아, 조금 전 혼자 썰매를 타고 오두막을 먼저 떠난 그 나이 어린 남동생의 모습이 앙상한 나뭇가지들 사이사이로 보였다. 그 귀여운 모습이 이윽고 고목림 속으로 사라질 때까지 뒤에서 지켜보며 계곡 일대를 한번 둘러보고 나니 오두막 정리도 끝난 듯했다. 나는 그제야 안으로 들어갔다. 벽이 온통 삼나무 껍질로 발라져 있을 뿐 천장도 아무것도 없어 생각했던 것보다 더 허름했지만 그 느낌이 싫지는 않았다. 곧이어 2층에도 올라가 보니 침대며 의자며 모든 것이 두 사람분씩 마련되어 있었다. 마치 너와 나를 위한 것처럼. 그러고 보니 정말 이렇게 외딴 오두막에서 너와 단둘이서 살 수 있기를 지난날의 내가 얼마나 꿈꾸었던가!

저녁이 되어 식사 준비가 끝났다기에 시중드는 처녀는 곧바로 집으로 돌려보냈다. 그리고 난로 옆에 커다란 탁자를 직접 끌어와서 그 위에서 글쓰기부터 식사까지 모든 일을 해결하기로 정했다. 이때 문득 머리 위에 걸려 있던 달력이 아직 9월에 머물러 있다는 사실을 깨달았다. 일어서서 지나간 부분을 떼어 낸 뒤 오늘 날짜에 표시를 했다. 그리고 무려 1년 만에 수첩을 펼쳤다.

12월 2일

북쪽 산 어딘가에 줄기차게 눈보라가 치는 모양이다. 어제는 손에 잡힐 듯 가까이 보이던 아사마야마(淺間山)도 오늘은 온통 눈구름에 덮여 안쪽에서는 눈보라가 퍽 거세게 부는 것 같다. 덕분에 이곳 산기

숲 마을까지 그 영향으로 가끔 해가 밝게 비치는데도 눈발이 줄기차게 날리곤 한다. 어쩌다가 그 눈구름 덩어리가 골짜기 위에 걸치기라도 하면, 골짜기 건너편, 남쪽으로 죽 이어진 산등성이 근처에는 푸른 하늘이 선명하게 보이지만 골짜기에는 온통 그늘이 드리워지며 한바탕 맹렬한 눈보라가 친다. 그런가 하면 이번에는 또 눈부신 햇살이 비치는 것이었다.

이렇듯 변화무쌍한 골짜기의 모습을 창가에서 잠깐 바라보다가, 곧바로 다시 난로 옆으로 돌아오기를 반복해서인지, 하루 종일 어쩐지 어수선한 기분이었다.

점심나절이 되자 마을 처녀가 보따리를 지고 버선발로 눈 속을 헤쳐 오두막에 와 주었다. 그녀는 손부터 얼굴까지 동창(凍瘡) 흔적이 있었는데, 순박하고 또 무엇보다 말이 없는 것이 마음에 들었다. 오늘도 어제처럼 식사 준비만 시킨 뒤 바로 집으로 돌려보냈다. 그리고 나는 벌써 하루가 다 가기라도 한 것처럼 난로 옆에 자리를 잡았다. 그대로 아무것도 하지 않은 채, 절로 일어나는 바람 속에 장작이 타닥타닥 타들어 가는 모습을 멍하니 바라보고 있었다.

그렇게 밤이 찾아왔다. 홀로 식은 밥을 먹고 나자 기분도 어느 정도 차분히 가라앉았다. 눈은 별 일 없이 그친 모양이나, 대신 바람이 불기 시작했다. 불길이 조금이라도 약해져 소리가 잦아들면, 그 틈을 타 골짜기 바깥쪽 고목림을 휘몰아치는 바람 소리가 갑자기 가깝게 들리곤 했다.

그로부터 한 시간 정도 지났을까, 익숙지 않은 난롯불에 얼굴이 달아오른 것을 느끼며 찬바람을 쐬러 밖으로 나왔다. 그리고 한동안 칠흑 같은 어둠에 잠긴 오두막 주변을 거닐기 시작했다. 얼마 후 비로소 얼굴에 싸늘한 기운이 감도는 것을 느끼며 다시 안으로 들어가려 했을 때, 오두막 안에서 새어 나오는 불빛을 통해 아직도 눈발이 희미하게 흩날리고 있는 것이 보였다. 안으로 들어온 나는 살짝 젖은 몸을 말리기 위해 다시 불가로 갔다. 그러나 그렇게 불을 쬐는 사이 내가 몸을 말리고 있다는 사실조차 잊어버린 것처럼 정신이 멍해지더니 어느샌가 나는 내 안의 어떤 추억을 되살려 내고 있었다.

그것은 작년 이맘때, 우리가 머물렀던 산속 요양원 주변에 꼭 오늘 밤처럼 눈이 흩날리던 어느 깊은 밤의 일이었다. 나는 요양원 입구에 서서 너의 아버지가 전보를 받고 서둘러 오기만을 이제나저제나 기다리고 있었다. 아버님은 한밤중이 다 되어서야 요양원에 도착했다. 하지만 너는 그런 아버님을 힐긋 쳐다보고는 미소인지 아닌지 묘한 표정을 입가에 보일 뿐이었다. 아버님은 그런 너의 핏기 없이 핼쑥한 얼굴을 말없이 가만히 지켜보고 있었다. 그러고는 이따금씩 무척이나 불안한 눈빛으로 나를 바라보았다. 하지만 나는 이를 못 본 척하며 그저 너만을 하염없이 바라볼 뿐이었다. 잠시 후 네가 갑자기 무언가 알아들을 수 없는 말을 하는 것 같아 가까이 다가가자 너는 들릴락 말락 희미한 소리로 내게 이렇게 말했다.

"당신 머리칼에 눈이 묻어 있어요."

지금 이렇게 홀로 불가에 웅크리고 앉아 문득 떠오른 지난 추억에 이끌리듯 다시 무심코 손을 머리에 갖다 대 본다. 손을 대 보기 전에는 까맣게 몰랐는데, 머리칼은 아직 살짝 차갑게 젖어 있었다…….

12월 5일

요 며칠 날씨가 말할 수 없이 좋다. 아침나절에는 베란다 가득 햇살이 내리쬐고 바람도 없어 무척 포근하다. 오늘 아침에는 베란다에 작은 탁자와 의자를 끌고 나와 눈 덮인 골짜기를 앞에 두고 아침 식사를 했을 정도다. 이렇게 혼자 있는 것이 정말이지 아깝다는 생각을 하며 아침을 먹다가 문득 눈앞에 서 있는 메마른 관목의 뿌리 부근을 언뜻 보니 어느샌가 꿩이 날아와 있었다. 그것도 두 마리가 먹이를 찾아 눈 속을 이리저리 콕콕 쩔어 대며 걸어 다니고 있었다.

"어이, 이리 와 봐. 여기 꿩이 있어."

나는 오두막 안에 네가 있는 상상을 하며 작게 혼잣말하고는 숨 죽여 꿩을 지켜보았다. 네가 무심결에 발소리라도 내면 어쩌나 하는 걱정까지 하면서…….

그 순간, 어느 집 지붕에 쌓여 있던 것인지 좌르르 눈 미끄러지는 소리가 골짜기 전체에 울려 퍼졌다. 그 소리에 퍼뜩 놀란 나는 마치 내 발치에 있다가 날아가는 것인 양 어안이 벙벙한 표정으로 꿩들을 바라볼 뿐이었다. 그와 거의 동시에, 내 바로 옆에 서서 그런 때면 버릇처럼 아무 말도 없이 눈만 크게 뜬 채로 나를 바라보던 너의 그 시선을 나는 고통스러울 정도로 생생하게 느끼고 있었다.

오후에는 처음으로 오두막이 있는 골짜기를 내려와 눈 덮인 마을을 한 바퀴 둘러보았다. 이 마을의 여름과 가을의 모습밖에 모르는 나는, 어딜 보나 눈으로 뒤덮인 숲이며 길이며 내가 종일토록 틀어박혀 있는 오두막이며, 그 모든 것이 어디서 본 듯하면서도 도무지 그 이전의 모습이 떠오르지 않았다.

지난날 내가 즐겨 지나다녔던 물레방아 길을 따라, 어느샌가 작은 천주교 성당이 들어서 있었다. 목재에 색을 칠하지 않고 만든 성당은 고운 자태를 뽐냈지만, 눈 덮인 뾰족한 지붕 아래로는 벌써 거무칙칙한 벽을 드러내고 있었다. 그 모습을 보고 있노라니 그 일대가 내게 한결 더 미지의 공간처럼 느껴지기 시작했다. 이어서 나는 여전히 깊게 쌓인 눈을 헤치며, 너와 자주 거닐던 숲속으로 발길을 옮겨 보았다. 거기서 나는 비로소 어딘가 눈에 익은 전나무 한 그루를 발견했다. 그런데 겨우 가까이 다가간 나무에서는 별안간 삐익 하는 날카로운 새

소리가 들려왔다. 앞에 멈춰 서 보니, 푸른빛을 띤 처음 보는 새 한 마리가 조금 놀랐는지 날개를 푸드덕거리며 날아오르고 있었다. 그러다가 이내 다른 가지 위에 올라앉더니 거기서 마치 도발이라도 하듯 나를 향해 계속 삐익삐익 울어 대는 것이었다. 나는 그곳에서도 마지못해 자리를 떴다.

12월 7일

집회당* 근처의 쓸쓸한 겨울 숲에서 갑자기, 두 번 정도 뻐꾸기 우는 소리가 들린 것 같았다. 그 소리가 아득히 멀리서 들리는 것 같은가 하면, 또 아주 가까이서 들리는 것 같기도 해서 주변의 메마른 덤불 속과 고목 위, 머리 위 하늘까지 둘러보았지만, 뻐꾸기 우는 소리는 더 이상 들리지 않았다.

역시 내가 잘못 들은 모양이었다. 그런데 그렇게 깨닫기도 전에, 주변의 메마른 덤불과 고목과 하늘은 그리운 그 여름의 모습으로 다시 돌아와 내 가슴속에 선명히 되살아나 있었다. 하지만 3년 전 여름, 이 마을에서 내가 가지고 있던 모든 것을 잃어버리고, 지금의 내

---

* 1922년 가루이자와 지역의 음악회, 강연회, 영화 시사 등 문화회관의 역할을 위해서 지어진 곳을 말한다.

게는 그 무엇도 남아 있지 않다는 사실을 뼈저리게 깨달은 것도 바로
그때였다.

12월 10일

　요 근래 어찌된 일인지 너의 모습이 전혀 생생하게 나타나지 않고
있다. 그리고 가끔 이런 고독이 견딜 수 없게 느껴질 때가 있다. 오늘
아침에는 난로에 불을 지피려는데 장작에 불이 잘 붙지 않아 나중에는
답답한 마음에 마구 긁어 대고 말았다. 그럴 때만 홀연히 나타나 옆에
서 걱정스러운 눈빛으로 나를 바라보는 너. 그러면 나는 비로소 마음
을 고쳐먹고 새 장작을 넣는다.

　또 오후에 잠깐 마을 산책이나 나설까 싶어 골짜기를 내려가 보았
지만, 요즘은 눈이 녹아 어디나 길이 진창이고 진흙 묻은 신발로는 발
이 무거워 걷기가 힘들기 때문에 대개 중간에서 되돌아오곤 한다. 그
러다가 아직 눈이 녹지 않은 골짜기에 접어들면 나도 모르게 잠시 안
도하지만, 거기서부터 오두막까지는 또 숨이 끊어질 듯한 오르막길
이 이어진다. 그러면 행여나 기분이 쳐질세라 속으로, '나 비록 음산
한 죽음의 골짜기를 지날지라도 내 곁에 주님 계시오니 무서울 것 없
어라…….' 하고 어설프게 기억나는 시편(詩篇)의 문구까지 떠올리며
스스로를 달래 본다. 하지만 이런 문구조차 내게는 그저 공허하게 느

꺼질 뿐이었다.

12월 12일

저녁에 물레방아 길을 따라 지난번에 본 그 아담한 성당 앞을 지나가는데, 그곳 심부름꾼인 듯한 한 남자가 눈 녹은 진흙 위에 열심히 석탄재를 뿌리고 있었다. 나는 그에게 다가가 겨울에도 교회가 문을 여는지를 슬쩍 물어보았다.

"올해는 앞으로 2, 3일 안에 닫는다고 하네요."

남자는 석탄재 뿌리는 손을 잠시 멈추더니 대답했다.

"작년에는 겨우내 줄곧 열었는데 올해는 신부님께서 마쓰모토(松本)에 가시거든요."

"이런 겨울에도 이 마을에 신자들이 있나요?" 하고 이번에는 다소 무례한 질문을 했다.

"거의 안 계시죠. 보통은 신부님 혼자서 날마다 미사를 드리세요."

우리가 서서 이런 얘기를 하고 있는데 때마침 외출 나갔던 독일인 신부가 돌아왔다. 이번에는 일본어는 아직 잘 알아듣지 못하지만 붙임성은 좋아 보이는 이 신부가 나를 붙잡고 무어라 물어볼 차례였다. 그런데 중간에 내가 무언가 잘못 듣기라도 했는지, 그는 일요일인 내일 미사 때에 꼭 와 줄 것을 내게 간곡히 권유했다.

12월 13일, 일요일

아침 9시경, 딱히 기도할 것은 없었지만 성당에 가 보았다. 작은 초
가 타들어 가고 있는 제단 앞에서 신부는 벌써 부제(副祭) 한 명과 함
께 미사를 시작한 상태였다. 신자도 아무것도 아닌 나는 어찌해야 좋
을지 모른 채 그저 소리나 나지 않도록 조심하며 제일 뒤쪽에 있던 짚
으로 만든 의자에 그대로 살짝 걸터앉았다.

그런데 어두운 실내에 겨우 눈이 익숙해지자, 그때까지 아무도 없
는 줄 알았던 신도석의 제일 앞 줄, 기둥 그림자에 온통 검은 옷으로
몸을 감싸고 웅크리고 있는 중년 부인 한 명이 눈에 들어왔다. 그리고
그 부인이 아까부터 계속 무릎을 꿇고 있었다는 사실을 깨닫자, 갑자
기 온몸으로 성당 안의 한기가 느껴졌다.

미사는 거의 한 시간 가까이 이어졌다. 미사가 끝나 갈 무렵, 아까
그 부인이 손수건을 꺼내 얼굴에 갖다 대는 것이 보였다. 다만 왜 그
러는 것인지는 알 수 없었다. 잠시 후 드디어 미사가 끝났는지, 신부
는 신도석 쪽은 돌아보지 않고 그대로 옆에 있는 작은 방으로 일단 물
러갔다. 부인은 아직 꼼짝도 하지 않고 있었다. 그사이에 나만 성당을
살짝 빠져나왔다.

하늘이 살짝 찌푸려 있었다. 나는 눈 녹은 마을 안을 어딘가 허전한
마음으로 하염없이 정처도 없이 떠돌아다녔다. 지난날, 너와 함께 그
림을 그리러 종종 찾곤 했던 들판, 한복판에 자작나무 한 그루가 우뚝

서 있던 그곳에 가 보니 나무 밑동에는 아직 녹지 않은 눈이 쌓여 있었다. 나는 추억에 잠겨 나무에 손을 뻗었고 손가락이 추위에 곱을 때 그대로 서 있었다. 하지만 그때의 너의 모습조차 내게는 거의 되살아나지 않았다. ……이윽고 나는 그곳에서도 자리를 벗어났다. 표현할 수 없는 쓸쓸함에 젖어 고목 사이를 지나고 단숨에 골짜기를 올라 오두막으로 돌아왔다.

그렇게 숨을 헐떡이며 베란다 바닥에 주저앉아 갑갑한 마음을 가누지 못하고 있는데, 홀연히 나타나 내 옆에 자리 잡고 있는 네가 느껴졌다. 하지만 나는 그런 너를 모른 척하며 멍하니 손으로 턱을 괴고 있었다. 그러면서도 그런 너를 그 어느 때보다 더 생생하게, 마치 네가 내 어깨에 손을 얹은 것이 아닐까 하고 여겨질 정도로 생생하게 느끼고 있었다…….

"식사 준비 끝났는데요."

오두막 안에서 아까부터 내가 돌아오기를 기다리고 있던 마을 처녀가 밥을 먹으라며 나를 불렀다. 퍼뜩 현실로 돌아온 나는, 이대로 조금만 더 내버려 두면 좋았을 것을 하며 평소와 달리 마뜩잖은 얼굴로 방 안으로 들어왔다. 그리고 마을 처녀에게는 한마디도 없이 언제나처럼 혼자만의 식사를 했다.

저녁 무렵, 아직 언짢은 기색이 가시지 않은 상태로 그녀를 돌려보냈는데 잠시 시간이 흐르자 그렇게 한 것이 다소 후회가 되기 시작했다. 그러면서도 몸은 다시 베란다로 향하고 있었다. 그리고 또다시 아까처럼(다만 이번에는 네가 없는 상태로……) 우두커니 앉아 아직 여기저기 눈이 쌓여 있는 골짜기를 내려다보고 있는데, 누군가가 고목 사이를 천천히 헤집으며 골짜기 전체를 두리번두리번 살피면서 점점 이쪽으로 올라오고 있는 것이 보였다. 어디를 찾아온 것일까 하며 계속 내려다보니, 신부가 내 오두막을 찾아 올라오고 있는 것 같았다.

12월 14일

어제 저녁 신부와 약속한 대로 성당을 찾았다. 내일 성당 문을 닫고 바로 마쓰모토로 떠날 예정이라는 신부는 나와 이야기를 나누다가도 짐 꾸리는 심부름꾼에게 가서는 무언가를 지시하고 오곤 했다. 그리고 이제 비로소 신도가 한 명 생기려 하는데 이 마을을 떠나야 한다고 생각하니 너무나 안타깝다는 말을 여러 번 반복했다. 나는 얼른 어제 교회에서 본 역시 독일인으로 보이는 중년 부인을 떠올렸다. 그리고 그 부인에 대해 신부에게 물어보려던 찰나, 문득 지금 신부가 무언가를 착각해서 그새 나를 신도로 칭하고 있는 것이 아닌가 하는 생각이 들기 시작했다.

어딘가 묘하게 엇나가던 우리의 대화는 이후 점점 더 말이 뜸해져 어느새 우리는 말없이 창밖 풍경만 바라보고 있었다. 한껏 달아오른 난로 옆에서 유리창 너머 보이는 하늘에는 작은 조각구름들이 날개 단 듯 빠르게 흐르고 있었고, 바람은 거세어 보였지만 하늘은 겨울 하늘답게 밝았다.

"이런 아름다운 하늘은 이렇게 바람 부는 추운 날이 아니면 볼 수가 없지요."

신부가 짐짓 지나가듯 말했다.

"정말이지 이렇게 바람 부는 추운 날이 아니면⋯⋯."

그의 말을 그대로 곱씹어 보니 신부가 방금 전 아무 생각 없이 한 그 말이 묘하게 심금을 울리는 느낌이었다⋯⋯.

한 시간 정도 그렇게 신부와 있다가 오두막에 돌아와 보니 소포가 하나 와 있었다. 오래전에 주문한 릴케의 〈진혼곡(Requiem)〉이 다른 책 두세 권과 함께 들어 있었다. 여기저기 쪽지가 붙어 있는 것을 보니 이곳저곳으로 전달되었다가 비로소 지금 이곳까지 온 모양이었다.

밤이 되어 잘 준비를 마친 나는 난로 옆에서 이따금 바람 소리에 신경을 곤두세우며 릴케의 〈진혼곡〉을 읽기 시작했다.

12월 17일

또 눈이다. 아침부터 잠시도 그칠 줄 모르고 줄기차게 내리고 있다.

그렇게 골짜기는 눈앞에서 다시금 새하얗게 물들어 갔다. 겨울도 이렇게 점점 깊어 가고 있다.

오늘도 나는 하루 종일 난로 옆에 진을 치고 있다가 가끔 한 번씩 창가로 가 멍한 표정으로 눈 내리는 골짜기를 바라보고는 또다시 난로 옆으로 돌아와 릴케의 〈진혼곡〉을 읽었다. 아직까지도 편히 잠들게 내버려 두지 못하고 자꾸만 너를 원하는 스스로의 나약함에 후회와도 비슷한 감정을 사무치게 느끼면서⋯⋯.

나는 주검을 갖고 있어요. 그리고 그들을 기꺼이 보내 주었지만
소문과 달리 대단히 의연한 그들의 모습에,
자신이 죽었다는 사실도 금세 받아들이고 퍽 쾌활해 보이는 것에 나는 정말 놀랐답니다.
다만 당신, 당신만은 돌아오는군요.
당신은 나를 가볍게 스치고 주변을 방황하다가 무언가에 부딪혔고,
그것은 당신에게서 소리를 내고 당신의 모습을 드러내고 싶어 합니다.
오오, 내가 애써 배워 얻은 것을
내게서 앗아가려 하지 말아요.
내 말이 맞지요.
만약 당신이 마음이 들떠 무언가에 향수를 느낀다면,
당신이 틀린 거예요.

그것이 우리 눈앞에 있어도

그것은 여기에 있지 않아요. 우리가 그것을 지각함과 동시에

그것을 우리의 존재로부터 거울 안에 반영시키고 있을 뿐인 거예요.

12월 18일

드디어 눈이 멎었다. 나는 이때다 싶어 한 번도 가 본 적 없는 뒤 숲 깊숙한 곳까지 들어가 보았다. 이따금씩 나무 위에 쌓여 있던 눈 덩어리가 좌르르 하고 저절로 미끄러질 때 흩어지는 눈가루를 머리 위에 뒤집어쓰며 이 숲 저 숲을 퍽 재미난 듯 누비고 다녔다. 역시나 사람 발자국이라고는 보이지 않았고, 그저 곳곳에 토끼가 뛰어다닌 흔적만이 남아 있을 뿐이었다. 꿩의 발자국 같은 것이 길을 가로지른 흔적도 심심찮게 눈에 띄었다.

하지만 아무리 걷고 또 걸어도 숲은 끝나지 않았다. 눈구름 같은 것까지 숲 위에 어른거리는 것을 보며 더 이상 깊이 들어가는 것을 단념하고 중간에 발길을 돌렸다. 그런데 어디서 길을 잘못 들은 것일까, 언제부터인가 내 발자국을 알아볼 수가 없었다. 갑자기 불안해져 눈을 헤쳐 가며 오두막이 있을 법한 쪽을 향해 숲을 휘저어 나아갔다. 그런데 문득 등 뒤 어디선가 결코 내 것이 아닌 또 하나의 발소리가 들리는 것만 같았다. 들릴락 말락 할 정도로 희미한 발소리

였지만…….

그래도 나는 한 번도 뒤돌아보지 않고 휘적휘적 숲을 가르며 내려왔다. 가슴이 조여 드는 느낌이었지만, 어제 읽은 릴케의 〈진혼곡〉 마지막 몇 줄을 입으로 중얼거리고 있었다.

아, 오지 말아요. 그리고 만약 그대가 견딜 수 있다면
죽은 자들 사이에 그냥 죽어 있어요. 죽은 자들은 열중하고 있어요.
하지만 나에게 힘은 보태 줘요. 당신의 정신이 흐트러지지 않을 정도로.
이따금씩 멀리 있는 자가 나를 도와주듯이, 내 안에서.

12월 24일

마을 처녀 집에 초대를 받아 밤에는 그곳에서 쓸쓸한 크리스마스를 보냈다. 겨울에야 인적 없는 산골 마을일 뿐이지만 여름이 되면 외국인들이 많이 찾는 동네라 그런지 평범한 집에서도 크리스마스 행사 비슷한 것을 지내며 보내는 모양이었다.

밤 9시경, 마을을 나와서 하얀 눈이 어슴푸레한 빛을 발하는 골짜기로 돌아왔다. 마지막 고목림에 들어서니 길옆에 눈을 뒤집어쓴 채 한데 엉켜 있는 마른 덤불 위로 어디선가부터 작고 희미한 빛이 비치고 있었다. 이런 곳에 어디서 이런 빛이 비치고 있는 거지, 하고 이상

108

한 마음에 주위를 둘러보았다. 그러자 여기저기 별장이 자리 잡은 그 좁은 골짜기 저 위쪽, 분명 내 오두막으로 보이는 집 한 채가 홀로 불을 밝히고 있는 것이 보였다……

'내가 저런 골짜기 위에서 혼자 살고 있었구나.' 하고 생각하며 나는 골짜기를 천천히 오르기 시작했다.

"그리고 여태 오두막에서 나는 불빛이 이렇게 숲 아래까지 비추고 있는 줄도 모르고. 이것 봐……"

나는 스스로에게 말하듯, "이것 봐, 여기도 저기도, 골짜기를 온통 뒤덮을 정도로 눈 위에 점점이 흩뿌려져 있는 모든 빛이 내 오두막에 밝힌 등불에서 나오고 있어……"

오두막에 겨우 당도한 나는 베란다로 나가 이 불빛이 과연 골짜기의 어느 부분까지 밝히고 있는지 다시 한 번 확인하려 했다. 그런데 이렇게 보니 불빛은 오두막 주변만을 희미하게 비추고 있을 뿐이었다. 그리고 그 한 줌밖에 안 되는 빛도 오두막에서 멀어지면서 점점 더 희미해지더니 결국 골짜기를 밝히는 눈빛과 하나가 되어 버렸다.

"뭐야, 그렇게 밝아 보이던 빛이 여기서 보니 겨우 이 정도였다니."

맥없이 혼잣말을 되뇌면서도 멍하니 빛 그림자에서 눈을 떼지 못하고 있는데, 문득 이런 생각이 들었다.

'그런데 이 빛 그림자가 꼭 내 삶과도 같구나. 내 삶이 발하는 빛 따위 기껏해야 요만큼일 거라 생각했는데, 사실은 이 오두막의 등불처

109

럼 내가 생각한 것보다 훨씬 더 멀리 퍼져 나가고 있었어. 그리고 그 빛들이 내 의식 따위는 의식하지 않은 채 이렇듯 아무렇지 않게 내가 살 수 있도록 내버려 두고 있는 것인지도 몰라…….'

이런 뜻하지 못했던 생각은 나를 어슴푸레한 눈빛에 물든 싸늘한 베란다에 오랫동안 그대로 서 있게 했다.

12월 30일

참으로 고요한 밤이다. 오늘 밤도 마음속에 생각이 절로 떠오른다.

'나는 남들보다 딱히 더 행복하지도, 불행하지도 않은 것 같아. 그런 행복이니 뭐니 하는 것들이 예전에는 우리를 꽤나 힘들게 했지만, 이제는 잊어버리려고 하면 완전히 잊어버릴 수 있을 정도야. 오히려 요즘의 내가 행복에 훨씬 가까운 상태인지도 모르지. 뭐 구태여 말하자면 요즘의 내 마음은 그때와 비슷하면서 그때보다 살짝 슬픈 정도. 그렇다고 해서 전혀 즐겁지 않은 것만도 아니야. ……이렇게 아무렇지 않게 살 수 있는 것이 내가 되도록 세상과 담을 쌓고 홀로 지내고 있기 때문인지는 몰라도, 무기력한 내게 그것이 가능했던 것은 정말이지 다 네 덕분이야. 그런데도 세쓰코, 나는 여태까지 내가 이렇게 고독하게 사는 이유가 너 때문이라는 생각은 단 한 번도 한 적이 없어. 어차피 내가 좋다고 이러는 것이라고 밖에는 생각되지 않아. 그게 아니라면, 어쩌면 역시 너 때문에 이러는 것이면서도 그것이 고스란히 나 자신을 위한 것이라고 여겨질 정도로 내가 나한테는 과분한 너의 사랑에 완전히 익숙해진 것일까? 그 정도로 너는 아무 조건 없이 나를 사랑했던 것일까?'

이런 생각이 꼬리를 무는 동안 나는 문득 무언가 생각난 듯 자리에서 일어나 베란다로 향했다. 그렇게 밖에 나오자, 이 골짜기와 등을 맞대고 있는 산 저편에서 자꾸만 바람이 일렁거리기 시작했다. 그 소리가 무척 멀리서 들리는 것 같았다. 그리고 나는 마치 그렇게 멀리서 들리는 바람 소리를 듣기 위해 일부러 베란다로 나온 것처럼 귀 기울인 채 그대로 서 있었다.

내 앞에 펼쳐져 있는 이 골짜기의 모든 것이 처음에는 그저 하얀 눈에 물들어 희미하게 빛나는 하나의 덩어리로만 보이더니, 한동안 초점 없이 바라보고 있는 사이 풍경이 점점 눈에 익은 것인지 아니면 나도 모르는 사이 내가 내 기억으로 그 사이사이를 메꾼 것인지 몰라도, 어느샌가 선 하나하나, 형태 하나하나가 조금씩 드러나기 시작했다. 이토록 그 모든 것이 내게 친숙해진, 사람들이 행복의 골짜기라 일컫는 이곳. 그래, 과연 이렇게 정 붙이고 살다 보니 나도 다른 사람들이 부르는 대로 이 골짜기를 불러도 될 것 같다. ……골짜기 건너편이 저렇게나 바람에 술렁거리는데 이곳만큼은 참으로 고요하기 그지없구나. 뭐 이따금씩 오두막 바로 뒤편에서 무언가 끼익끼익 하는 소리가 나기는 하지만, 그건 분명 저 멀리서 불어 오는 바람에 바싹 마른 나무들이 앙상한 가지를 부대끼며 내는 소리리라. 때때로 그 바람의 끝자락 같은 것이 내 발치에서도 낙엽 위에 다른 낙엽을 두어 장 살포시 포개 놓고 있다…….

작 품 해 설

삶과 죽음을 넘어선
진정한 사랑과 행복을 이야기하다

　'호리 다쓰오(堀辰雄, 이하 호리)'. 한국 독자들에게는 아직 친숙하지
않은 이름이지만, 그는 많은 일본인이 사랑하는 일본의 대표적인 근대
소설가 중 한 명이다. 1904년에 태어난 호리는 1953년, 40대 후반의
젊은 나이로 숨을 거둘 때까지 쇼와 시대(1926~1989) 초기에 활동하며
《바람이 분다(風たちぬ)》(1936~1937) 외에도 〈성가족(聖家族)〉(1930),
《나오코(菜穂子)》(1941), 〈광야(曠野)〉(1941)와 같은 중·장편소설과 에
세이, 몇 편의 번역서 등을 남겼다.

　호리는 주로 '삶'과 '죽음' 그리고 '사랑', '행복' 등을 테마로 한 서
정소설과 수필을 집필했다. 그런데 그가 주로 활동한 시기는 '15년 전
쟁'(1931년 만주사변부터 1937년 중일전쟁을 거쳐 1941년 제2차 세계대전

의 일부인 태평양전쟁 발발 및 1945년 포츠담선언 수락과 전쟁 종결에 이르기까지, 일본이 일으킨 일련의 전쟁이 불연속적으로 이어지던 시기)이라 불리며 일본이 제국주의의 광풍에 휩싸여 파국으로 치닫던 무렵과 거의 정확히 때를 같이한다. 서정적인 주제와는 너무나 어울리지 않는 광기의 시대, 자국뿐 아니라 이웃 나라에까지 엄청난 고통을 주었던 그 엄혹했던 군국주의의 시대를 이 감수성 예민했던 소설가는 어떤 식으로 받아들이고 살아 내었던 것일까.

호리와 문학의 만남

호리의 인생은 문학을 알기 전과 그 후로 나눌 수 있다. 그는 히로시마 번(藩)의 사족(士族) 출신 아버지 호리 하마노스케(堀浜之助)와 도쿄 서민 출신 어머니 니시무라 시게(西村志氣) 사이에 태어났다. 호리는 대를 이을 적자로 지목됐으나 본부인의 소생이 아니었기 때문에, 그가 두 살이 되던 해 어머니 니시무라 시게는 호리를 데리고 집을 나온다. 그 후 호리는 새아버지 밑에서 자란다. 다행히 새아버지는 호리를 친아들처럼 귀애하였고, 공부를 잘했던 호리는 부립 제3중학교, 제1고등학교, 도쿄 제국대학(현 '도쿄 대학'의 전신) 국문학과 등 엘리트 코스를 밟는다. 다소 복잡하지만 비교적 평온했던 호리의 인생 1막은 이렇게 지나갔다.

하지만 호리의 인생은 문학과의 만남을 통해 방향이 크게 바뀌기 시작한다. 앞서 그가 도쿄 대학 국문학과에 진학했다고 했지만, 애초 호리는 이과 지망을 희망했다. 그러다가 고등학교 재학 당시에 진자이 키요시(神西清, 일본의 러시아 문학가), 1923년에는 무로 사이세이(室生犀星, 일본의 시인·소설가) 등 장차 함께 문학인으로 성장할 평생의 벗을 알게 되면서 진로를 문과로 바꾸었다. 이것은 그가 문학을 시작하는 중요한 계기가 된다.

잇따른 죽음과 병마, 그리고 삶에 대한 긍정

같은 해 9월 1일, 도쿄에 관동대지진이 일어나 호리의 집은 모두 불타 없어지고, 그는 어머니를 잃는다. 호리의 나이 열아홉 살이었다. 호리를 평생 따라다닌 가까운 이의 너무 이른 죽음은 이때부터 시작되었다.

그 후 얼마 지나지 않아 무로 사이세이의 소개로 이번에는 아쿠타가와 류노스케(芥川龍之介)를 알게 되어 가르침을 받는다. 아쿠타가와 류노스케는 바로 '아쿠타가와상'으로 한국에서도 유명한 일본의 단편소설가다.

이해 말, 호리는 늑막염을 앓으면서 잠시 학교를 쉬다가 1926년부터 비로소 동인지《당나귀(驢馬)》를 창간하며 문학적으로 주목받기 시작한다. 그러나 이어지는 1927년, 아쿠타가와가 수면제 복용으로 자살하고, 불의에 의한 어머니의 죽음에서 얼마 지나지 않아 벌어진 젊은 스승의 죽음은 호리에게 커다란 상처를 남긴다.

불안한 시대와 가까운 이들의 잇따른 죽음. 그해 말, 힘든 시기를 보내던 호리에게 다시 병마가 찾아든다. 당시만 해도 뚜렷한 치료법이 존재하지 않던 폐결핵이었다. 그러나 그러한 고통 속에서도 호리는 데뷔작으로 심리소설 〈성가족〉을 집필한다. 스승 아쿠타가와의 죽음을 테마로 한 작품으로, "죽음이 마치 하나의 계절을 열어 놓은 것만 같았다(死があたかも一つの季節を開いたかのようだった)."라는 유명한 문구로 시작한다. 이 작품은 문단으로부터 상당한 평가를 받지만, 이때 호리는 폐결핵 증세가 급격히 악화되어 이미 다량의 각혈을 하고 있었다.

이듬해 1931년, 호리는 가루이자와(軽井沢)에 있는 후지미고원 요양소(富士見高原療養所)에 입소한다. 가루이자와는 《바람이 분다》의 여주인공 '세쓰코(節子)'의 모델이 된 순진무구하고 아름다운 소녀 야노 아야코(矢野綾子)를 처음 만난(1933) 곳이며, '후지미고원 요양소'는 《바람이 분다》에 등장하는 F 요양원의 실제 모델이 된 장소이기도 하다.

그의 또 다른 작품 《아름다운 마을(美しい村)》(1933)에 등장하는 '아름다운 마을' 역시 바로 이 가루이자와다. 이곳은 자신의 병세가 악화될 때마다 찾았던 장소일 뿐 아니라, 사랑했던 사람과 만나고 또 죽음으로 헤어졌던 곳이어서인지 호리의 남다른 애정이 있었던 것 같다. 현

117

재 일본에서 고급 휴양지로 인기 높은 지역인 만큼 자연이 깨끗하고 수려하기로도 유명하며, 호리 기념관도 이곳에 자리 잡고 있다.

연인이었던 야노 아야코도 《바람이 분다》에 등장하는 세쓰코처럼 폐결핵을 앓고 있었다. 요즘처럼 다양한 치료법과 약제가 발달하지 않았던 그때에는 주로 해발고도가 높은 산속에서 그저 깨끗한 공기를 마시며 푹 쉬는 것이 치료의 거의 전부였다. 실제 작품 속 '세쓰코'의 일상을 묘사한 부분을 보아도 기침 발작이 나면 진정 주사를 놓는 것 이외의 적극적인 치료는 거의 등장하지 않는다.

이처럼 연이은 주변인들의 죽음을 겪으며, 호리의 작품은 점점 〈진혼곡〉의 색채를 농후하게 띠기 시작한다. 《바람이 분다》에서 호리는 독일의 시인 라이너 마리아 릴케(Rainer Maria Rilke, 1875~1926)의 두 편의 〈진혼곡〉 중 한 편을 인용하고 있는데, 이 부분은 누구보다 '죽음'과 가까웠던 호리 자신의 마음을 가장 잘 대변하는 대목이기도 하다.

그러나 호리는 병마에 속절없이 쓰러져 죽어 가는 주변인들을 가슴 아프게 바라보면서도 이를 좌절하고 자신의 운명을 저주하지는 않았다. 《바람이 분다》에도 이와 같은 삶에 대한 긍정과 행복에 대한 변함없는 의지를 엿보이게 하는 부분이 지속적으로 등장한다. 가령, 작품 말미에 주인공이 자신이 사는 오두막에서 새어 나오는 불빛이 저 멀리 골짜기 아래까지 희미한 빛을 뿌리고 있다는 사실을 새로이 깨달으며 다음과 같이 생각하는 장면이 있다.

'그런데 이 빛 그림자가 꼭 내 삶과도 같구나. 내 삶이 발하는 빛 따위 기껏해야 요만큼일 거라 생각했는데, 사실은 이 오두막의 등불처럼 내가 생각한 것보다 훨씬 더 멀리 퍼져 나가고 있었어. 그리고 그 빛들이 내 의식 따위는 의식하지 않은 채 이렇듯 아무렇지 않게 내가 살 수 있도록 내버려 두고 있는 것인지도 몰라…….'

"아직까지도 편히 잠들게 내버려 두지 못하고 자꾸만 너를 원하는 스스로의 나약함에 후회와도 비슷한 감정을 사무치게 느끼면서"〈진혼곡〉만 읊어 대던 주인공이, 삶에 대한 욕구를 세쓰코에게 들켜 버린 것을 부끄럽게 여기던 호리 자신이, 다시금 자기 삶의 중요성을 인식하고 있다. 이러한 감정 변화는 '음산한 죽음의 골짜기'라며 자조적으로 붙였던 골짜기 이름을 버리고, 비로소 '행복의 골짜기'라는 원래 이름을 받아들이게 되는 마지막 부분과도 맞닿아 있다.

그야말로 '음산한 죽음의 시대'였던 전쟁의 시기에 어찌 보면 필사적이고, 어찌 보면 부질없어 보이기도 한 '삶'에 대한 긍정. 아쿠타가와 류노스케를 비롯한, 막연한 불안이나 허무, 고뇌, 이상과 현실의 괴리에서 오는 내적 갈등 등을 감당하지 못한 채 자살로 생을 마감한 많은 일본의 근현대 문학가들과 호리가 다른 점은 바로 이런 점일지도 모르겠다.

새로운 시도, 약자에 대한 시선

1937년, 호리는 가토 다에(加藤多恵)와 만나 이듬해인 1938년에 백년가약을 맺는다. 그녀는 병약하고 외로웠던 남편 호리를 곁에서 지키며 평생을 함께한 반려자였다. 호리가 주변인들의 잇따른 죽음 혹은 병마와의 싸움 등 개인적인 비극을 딛고 여러 가지 새로운 시도를 하게 되는 것이 이 시기부터다. 가령, 일본 고전문학을 배워 작품 속에 투영하는가 하면[〈하루살이의 일기(かげろふの日記)〉(1937)], 일본의 전통신앙이나 불교에 관한 아이디어를 얻기 위해 교토와 나라를 찾기도 하고(이 시도는 결실을 맺지는 못했다.), 기행문 〈야마토길·시나노길(大和路·信濃路)〉(1943)이나 현대 여성의 모습을 그린 소설《나오코》등, 당시로서는 실험적이고 획기적인 작품들을 집필한다.

특히《나오코》는 여성의 가정 내 자립을 테마로 하는데, 주제 자체도 참신하지만 '여자로서 산다는 것'에 대한 호리의 관심과 시선은 시대적인 상황을 고려해 보았을 때 다소 진보적이기까지 하다. 히로시마대학의 미즈시마 히로마사(水島裕雅) 명예교수는 2008년에 한국에서 실시한 '전쟁과 문학'을 테마로 한 강연에서 호리의 에세이 〈뻐꾸기(郭公)〉(1937)의 다음과 같은 부분을 인용하여, 병약하고 내성적이어서 태생적으로 약자였던 그가 자신보다 더한 사회적 약자인 여성에 대해 가졌던 시각에 대해 거론한 바 있다.

"서른이 되고 보니 인생이라는 것이 남성보다 여성에게 있어 얼마나 비극적인 것인지 비로소 깨닫게 된다. 그러나 그와 동시에 그런 불공평한 삶을 묵묵히 받아들이는 여성들이 있다는 사실도 나는 알게 되었다."

여성에 대한 이러한 애틋한 마음에는 아마도 일찍 여읜 어머니에 대한 그리움과 병으로 짧은 생을 마감한 야노 아야코에 대한 아련한 기억들, 자신을 헌신적으로 돌봐 주는 아내에 대한 고마운 마음 등, 자신을 끔찍이 사랑해 주었고 호리 스스로도 사랑했던 여인들에 대한 애틋한 마음이 상당 부분 영향을 미쳤을 것으로 보인다. 하지만 그렇다고 하더라도 당시로서는 상당히 시대를 앞서가는 발상이었던 것에는 틀림없어 보인다.

광기의 시대, 나름의 방식으로 맞서다

사회적 약자에 대한 따뜻한 시선과 배려는 그 사회가 건강할 때에는 장려되지만, 사회가 자정 기능을 잃고 한쪽으로 폭주하기 시작하면 가장 먼저 억제와 탄압의 대상이 된다. 전쟁의 가장 큰 피해자가 여성과 아이가 될 수밖에 없는 이유다. 그렇기에 이러한 폭력과 야만을 감추고 미화하기 위해 문학은 종종 전쟁의 홍보 수단으로 전락해 왔다. 문단에서 두각을 드러내고 있던 호리에게도 유혹과 회유는 있었다.

이에 대해 미즈시마 교수는 다음과 같은 일화를 소개했다.

프랑스 문학 평론가 가와모리 요시조우(河盛好蔵)는 호리 사후 간행된 최초의 《호리 다쓰오 전집》(신초샤, 1953) 추천문 〈두 가지 추억〉에서 다음과 같이 적고 있다.

"호리 군에 대해 꼭 적어 남겨 두고 싶은 이야기가 두 가지 있다. 첫 번째는 전쟁 중의 일이다. 당시 나는 일본출판회 학예과장이라는 분에 넘치는 직함을 달고 있었다. 그러다 보니 군 보도부나 정보국의 말단 공무원들과 접촉할 기회가 많았고, 자연히 문인 중 누가 그쪽에 잘 보이려고 아부를 떨고 있는지, 또 실제 총애를 입고 있는지, 아니면 또 누가 미움과 눈총을 받고 있는지를 잘 알고 있었다. (중략)
그러던 어느 날 문인들도 전쟁에 협력해야 하는가 하는 이야기가 화제에 올랐는데, 글쟁이라고 하면 정보국이 사사건건 눈엣가시로 보고 있다는 점을 잘 알고 있던 나는 일신의 안위를 위해서라기보다는 가끔은 나라 정책에 힘을 실어 주는 작품도 써야 하지 않겠냐고 이야기했다. 그러자 호리 군은 내 말이 끝나기가 무섭게, 조용하지만 단호한 목소리로 자신은 도저히 그런 일은 못하겠다는 것이었다. 그 말을 듣고 내 자신이 무척이나 부끄러웠다. 호리 군은 전쟁이 끝나고 나서 자기가 전쟁 중에 대단하게 저항을 했다 하는 이야기를 어디에다도 알린 바가 없지만, 당시 내가 알고 있던 어떤 문인보다도 훌륭했음을 이제라도 이 자리에 밝혀 두고자 한다."

가녀린 체구에 하얀 얼굴, 섬세한 감성 등 유약해 보이는 겉모습이나 소설의 분위기와는 달리 인간으로서 '아닌 것은 아니'라고 말할 줄 아는 호리의 강단 있는 면모가 엿보이는 일화다.

1953년 5월 28일, 심한 각혈 끝에 그는 숨을 거둔다. 아내보다도 더 오래 평생을 함께한 폐결핵은 죽는 그 순간까지도 호리를 괴롭혔지만, 그는 오히려 '나는 병으로 덕 보고 살았다.'며 자신이 놓인 운명, 그 모든 것을 있는 그대로 받아들인다.

호리 다쓰오는 사회적 억압과 부조리, 옳지 못하다고 생각한 것은 단호히 거부하면서도 자신에게 주어진 가혹한 운명(사랑하는 사람들의 잇따른 죽음, 병마와의 기나긴 싸움)은 거스르지도 피하지도 않고 담담히 받아들이며, 거기서 새로운 행복과 희망을 발견해 내려 한다. '삶'과 '죽음', '사랑', '행복', 어쩌면 다소 진부한 테마 같기도 하다. 하지만 읽고 나서도 한동안 그 묵직한 울림이 머릿속을 떠나지 않고 맴도는 것은, 《바람이 분다》가 소설이기 이전에 작가의 일기 일부라고 봐도 좋을 정도로 자신을 깊이 투영시켜 평생 동안 겪어 온 아픔을 털어놓듯 고민을 쏟아 냈다는 것, 그 진실성을 우리는 알기 때문일 것이다.

1904년 12월 28일, 아버지 호리 하마노스케(堀浜之助)와 도쿄 서민 출
신 어머니 니시무라 시게(西村志氣) 사이에 태어났다. 본부인의
소생이 아니었던 그는 대를 이를 적자가 되지 못한다. 두 살이
되던 해 어머니가 재혼을 하고 새아버지 밑에서 자란다.

1917년 부립 제3중학교에 입학한다.

1921년 제1고등학교에 입학한다. 입학 당시 이과 지망을 희망했지만
진자이 키요시(神西清, 일본의 러시아 문학가) 등 평생 문학을 함
께할 벗을 알게 되면서 진로를 문과로 바꾼다.

1923년   9월 1일, 도쿄 관동대지진으로 집이 불타고 어머니를 잃는다. 이해 무로 사이세이(室生犀星, 일본의 시인·소설가)를 만나고 그후 얼마 지나지 않아 무로 사이세이를 통해 아쿠타가와 류노스케(芥川龍之介)와 알게 되어 깊은 영향을 받는다.

1925년   도쿄 대학 국문학과에 입학한다.

1926년   동인지 《당나귀》를 창간하며 문학적으로 주목받기 시작한다.

1927년   아쿠타가와가 수면제 복용으로 자살하면서 큰 상처를 입는다. 그러나 고통 속에서도 심리 소설 〈성가족〉을 집필한 후 1930년에 발표한다.

1931년   나가노 현의 요양원에 들어가 가루이자와와 도쿄를 왕복하면서 〈회복기〉를 발표, 1932년에 〈불타는 볼〉 등의 작품을 발표한다.

1933년   《바람이 분다》의 여주인공 '세쓰코'의 모델이 된 야노 아야코(矢野綾子)를 처음 만난다. 《아름다운 마을》, 1934년에 〈모노가타리의 여인〉을 발표한다.

1936년 《바람이 분다》의 집필을 시작한다.

1937년 가토 다에(加藤多惠)와 만나 이듬해인 1938년에 백년가약을 맺는다.

1941년 《나호코》 등 죽음을 응시하면서 생을 긍정하려는 주제의 작품을 집필한다.

1943년 기행문 〈야마토길·시나노길〉을 집필힌다.

1946년 마지막 작품 〈눈 위의 발자국〉을 집필한다.

1953년 5월 28일, 심한 각혈 끝에 숨을 거둔다.

옮긴이 남혜림

서강대학교 역사학과를 졸업하고, 한국외국어대학교 통번역대학원 한일과에서 동시통역으로 석사
학위를 받았다. 현재 다양한 분야의 일본어 전문 통역·번역가로 활동 중이며, 좋은 책을 발굴하고
번역하는 작업에 매진하고 있다. 주요 역서로는 《마음 다스리기, 명상에 길이 있다》《검증 미국사
500년의 이야기》《중국사, 한 권으로 통달한다》 등이 있다.

바람이 분다

개정 1쇄 펴낸 날 2021년 1월 30일

지 은 이   호리 다쓰오
옮 긴 이   남혜림
펴 낸 이   장영재
펴 낸 곳   (주)미르북컴퍼니
자 회 사   더클래식
전   화   02)3141-4421
팩   스   02)3141-4428
등   록   2012년 3월 16일(제313-2012-81호)
주   소   서울시 마포구 성미산로32길 12, 2층 (우 03983)
E-mail   sanhonjinju@naver.com
카   페   cafe.naver.com/mirbookcompany

* (주)미르북컴퍼니는 독자 여러분의 의견에 항상 귀 기울이고 있습니다.
* 파본은 책을 구입하신 서점에서 교환해 드립니다.
* 책값은 뒤표지에 있습니다.

더클래식

세계문학
컬렉션

11 | 그리스인 조르바 | 니코스 카잔차키스

미국대학위원회 선정 SAT 추천도서 / 한국간행물윤리위원회 선정추천도서
한국출판인회의 출판인이 선정한 100권의 도서

12 | 위대한 개츠비 | 프랜시스 스콧 피츠제럴드

〈타임〉지 선정 현대 100대 영문소설 / 어니스트 헤밍웨이가 인정한 완벽한 일급 작품
20세기 100대 영문소설 1위 / 미국대학위원회 선정 SAT 추천도서 / 뉴욕 공립도서관 추천도서
대한민국 명사 101인의 대표 추천작 / WTO 북클럽 추천도서

13 | 도리언 그레이의 초상 | 오스카 와일드

미국대학위원회 고교 추천도서 101 / 대한민국 명사 101의 대표 추천작

14 | 벨 아미 | 기 드 모파상

모파상의 가장 매력적이고 파격적인 작품 / 19세기 파리를 뒤흔든 파격 스캔들
2012년 개봉한 영화 〈벨 아미〉 원작

15 | 이상한 나라의 앨리스 | 루이스 캐럴

난센스와 판타지의 대표작 / 아카데미 '미술상' 수상한 영화의 원작
19세기 가장 유명한 영국 아동문학 작가

16 | 두 도시 이야기 | 찰스 디킨스

영국이 낳은 가장 위대한 소설가 / 영화 〈다크나이트〉의 모티프
미국대학위원회 선정 SAT 추천도서 / 서울시 교육청 선정 청소년 필독도서

17 | 햄릿 | 윌리엄 셰익스피어

대한민국 명사 101인의 대표 추천작 / 서울대학교 권장도서 100선 / 서울대학교 동서고전 200선
연세대학교 필독도서 / 미국대학위원회 선정 SAT 추천도서 / 국립중앙도서관 선정 청소년 권장도서

18 | 오페라의 유령 | 가스통 르루

4대 뮤지컬 〈오페라의 유령〉 원작 소설 / 프랑스 최고 추리소설 작가

19 | 1984 | 조지 오웰

〈타임〉지 선정 세상을 움직인 책 100권 / 〈텔레그라프〉지 완벽한 도서관을 위한 권장도서 100
세계 3대 디스토피아 미래 소설 / 〈가디언〉지 권장도서 / 뉴욕 공립도서관 추천도서
하버드 대학생이 가장 많이 산 책 1위

20 | 수레바퀴 아래서 | 헤르만 헤세

대한민국 명사 101인의 대표 추천작 / 헤르만 헤세의 사춘기 시절 경험을 바탕으로 한 자전적 소설
노벨문학상 수상 작가 / 국립중앙도서관 선정 청소년 권장도서

21 22 23 | 안나 카레니나 1~3 | 레프 니콜라예비치 톨스토이

톨스토이 생애 최고의 리얼리즘 소설 / 서울대학교 권장도서 100선 / 서울대학교 동서고전 200선
연세대학교 필독도서 / 미국대학위원회 선정 SAT 추천도서 / 오프라 윈프리 북클럽 권장도서
논술 및 수능에 출제된 책(1998~2005)

24 | 오즈의 마법사 1 - 오즈의 위대한 마법사 | 라이먼 프랭크 바움

미국대학위원회 선정 SAT 추천도서 / 연세대학교 필독도서 / 국립중앙도서관 선정 우수 번역서

* 더클래식 세계문학 컬렉션은 계속 출간될 예정입니다.